Charly J.

Bürzel-Buddy's Book 2

Charly J.

Bürzel-Buddy's Book 2

Ente à la carte

Bibliografische Information der Deutschen Nationalbibliothek:
Die Deutsche Nationalbibliothek verzeichnet diese Publikation in der
Deutschen Nationalbibliografie; detaillierte bibliografische Daten sind im
Internet über http://dnb.dnb.de abrufbar.

Herstellung und Verlag: BoD – Books on Demand, Norderstedt

ISBN: 978-3-7526-0952-3

INHALT

DIE PROTAGONISTEN

Vorstellungsrunde der Bürzel-Buddies

Brunhilde + Bernadette

Die Bürzeldamen der ersten Generation. Sie gaben dem Clan Name und Gestalt. Brunhilde & Bernadette sind die Dorfältesten, deswegen aber nicht mit entsprechender Weisheit beseelt. Vielmehr sind sie für ihre trockenen Sprüche aus dem Hinterhalt und gnädiges Nicken zu allen Bürzelclan-Untaten bekannt.

Pook

Ein Bürzel-Buddy wie Redford: schön, charmant und perfekt gebaut. Im Umgang mit seinen Clanmitgliedern tut er sich gern als Alpha-Häkeltier hervor. Zu Recht; seine Autorität zweifelt niemand an, so verfügt er doch über großes Entenfachwissen, und bringt, falls nötig, seine wiederholt austickende Clangruppe verantwortungsvoll zur Räson.

Piek

Sie ist eigensinnig, sportlich und hochdynamisch. Es hält sie nicht lange an einem Platz, schon muss der nächste Aussichtspunkt ausprobiert werden. Und sagen lässt sie sich schon mal gar nichts. Piek gehört definitiv zu den introvertierten Enten, etwas Geheimnisvolles umweht sie. Eine Einzelgängerin ohne Regeln.

Swifty

Hoppla, wer ist das? Dieser kleine Gefährte bringt es mal gerade auf etwa 70% üblicher Größe, was aber keine Rückschlüsse auf seine Persönlichkeit zulässt. Der lustige Racker übernimmt eine wichtige soziale Rolle in der Clangesellschaft. Wo er aufkreuzt, da ist mit Sicherheit gerade etwas ziemlich Verheißungsvolles im Gang.

Nils

Ein anständiger Kerl, dazu mutig und athletisch. Einer, der keine Angst kennt. Einer, auf den man sich verlassen kann. Sein drahtiger Körper ist geschaffen für Rangeleien und Einsatz auf schwierigem Gelände. Auch wenn sein Hirn nur Erbsengröße aufweist, so ist er doch ein loyaler und fairer Kumpel.

Lilly

Die Schöngeistige, die Hübsche und eine talentierte Sängerin dazu – zumindest für starke Nerven. Immer mit Akzent, gerne auch neben dem korrekten Ton und unter Wiegen ihres zarten Körpers. Die kleine Französin liebt die Chansons ihrer Heimat aus Charles-de-Gaulle-Zeiten, wo es noch burlesque-fröhlich zuging.

Hope

Grün ist die Hoffnung, und die verkörpert Hope. Eine empfindsame, recht ängstliche Ente, die etwas nah am Wasser gebaut hat. Sie ist immer die erste Anlaufstelle für alle, die Verständnis suchen. Manchmal überrascht ihr goldener Schnabel durch feinsinnige Bemerkungen, die tief bewegen.

Kalle

Wenn du jemand brauchst, der dir in absonderlichen Situationen zur Seite steht, dann bist du bei Kalle an der richtigen Adresse. Er strahlt Ruhe und Sanftmut aus und versteht mehr, als man ihm zugetraut hätte. In ihm schlummert jede Menge Grips, was sich erst spät offenbart, darum sollte man ihm Zeit geben. Da er stottert, wird er etwas unterschätzt, aber niemand würde sich über ihn lustig machen. Er hat Aura.

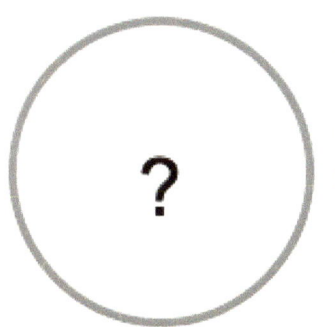

Jimmy

Ein Bürzel-Buddy der anderen Art – und für besondere Aufgaben. Er wird gerade erschaffen!

1. KONSPIRATION DER MORGENMUFFEL

Verstimmung in meiner bizarren Wohngemeinschaft.
Merke: Wo Bürzel-Buddies involviert sind,
hat immer das zu geschehen, was ihnen guttut
– und nicht anderen.

Jeden Morgen ersehnte ich, meine Mitbewohnerin bewusstlos vorzufinden. Ich hätte mir nicht träumen lassen, wie schlimm es tatsächlich kommen sollte.

Vor etwa zwei Jahren entschied ich mich für dieses Loft als heimatliche Behausung aufgrund seiner exorbitanten Ausmaße — jedenfalls in Relation zu dem schimmelfreundlichen Souterrain, aus dem ich kam. Mit der unfreiwilligen Erweiterung meines Single-Haushalts um eine geschiedene Seele, meine Bekannte Dietlinde, mutierte ich zum Multisingle-Haushalt, und war nun doppelt dumm dran. Ich hatte zusätzliche Kosten am Hals und galt im Familien- und Bekanntenkreis als durchgeknallter Freak. Warum?

Dietlinde wäre allein schon als Grund dafür durchgegangen: handarbeitswütig, eigensinnig und Frühaufsteherin. Ersteres entpuppte sich zugegebenermaßen als Segen für mein Lebensglück. Die Frucht ihrer neurotischen Strick- und Häkelexzesse mündete in der Schaffung der Bürzel-Buddies, einer Gruppe kurioser Enten aus Wolle und Watte, die sich in meinem Leben und Loft eingenistet hatten und meinen Alltag mit Kinkerlitzchen auf den Kopf stellten. Sie waren im Laufe der Zeit wichtige Bezugspersonen für mich geworden.

So weit, so gut.

Letzteres, Dietlindes tägliche 6:00-Uhr-Bettflucht, war jedoch unzumutbar, insbesondere weil dieses ohnehin geräuschvolle Ritual noch mit langatmiger Berichterstattung ihrer nächtlichen Träume einherging. Was mich betraf, ich wurde jedes Mal aus dem Tiefschlaf gerissen, noch bevor ich überhaupt hätte etwas zu Ende träumen können. Kein Wunder, dass ich mir wünschte, sie bewusstlos oder wenigstens apathisch zu erleben.

Nachdem wir einige Wochen versucht hatten, uns zu arrangieren, kamen die Bürzel-Buddies und ich überein, dass es so nicht weitergehen konnte. Ich war gereizt und zunehmend unfair meinen Mitbewohnern gegenüber. Die Bürzels hatten auch schon dunkle Kringel unter den Knopfaugen. Genau wie ich, hielten sie nicht viel von der berüchtigten Morgenstund, die Gold im Mund versprach, aber nicht hielt. Außerdem wollten sie keinesfalls mit dem einfältigen gefiederten Mob verwechselt werden, der auf scheußlich miefenden Misthaufen Wache schiebt und krächzt.

Pook, der Clanmeister und obendrein eine Schönheit, wie kaum ein anderes Häkeltier, kam eines Tages auf mich zu und bat um ein Plenum.

Er und seine wolligen Freunde seien zunehmend unzufrieden über die neuen Zustände. Früher sei es hier schöner gewesen. Er meinte damit die Zeit, bevor Dietlinde ihren faulen Sack namens Waldemar zuhause sitzengelassen hatte und nolens volens mit vier Koffern und einem Zitronenbäumchen in meinem Loft aufgeschlagen war. Ich war an diesem Tag indisponiert, genauer gesagt zwangsweise abwesend, aber dazu später. Nach meiner Rückkehr war die Annexion meines Lofts durch Dietlinde bereits vollzogen worden, und die Bürzel-Buddies schienen zunächst nichts dagegen zu haben, dass ihre „Mama" umherlief, alles re-arrangierte und aussortierte. Dietlinde, die

Schöpferin der Buddies, war als Entenmutter anerkannt, wollte das aber nicht wahrhaben und kam gewissen umsorgenden Pflichten nur ungern nach. Sie betrachtete Bürzel-Buddies als große handwerkliche Leistung ihrerseits, haderte aber mit ihrer Mutterrolle.

Mit der Zeit begann sie gewaltig zu nerven; ständig schienen ihr die kleinen Racker im Weg zu sein. Ich schämte mich regelrecht für ihr menschenunwürdiges Benehmen. Obendrein hatte ihr Bedürfnis, früh aufzustehen, obwohl es keine Termine oder anderweitige Veranlassung dazu gab, geradezu krankhafte Züge angenommen und war nicht mehr tolerierbar. Die Frau musste weg! Aber wie?

Mir war klar, dass die Frage einer eigenen Wohnung eng mit Dietlindes finanzieller Situation verknüpft war. Ihr Noch-Ehemann war zwar zum Unterhalt verpflichtet, verfügte allerdings über genauso wenig Einkommen wie Manneskraft. Ich musste also selbst eine Lösung finden. Ich hielt intensiv nach Jobangeboten Ausschau und nahm heimlich Kontakt zur Arbeitsagentur auf, in der Hoffnung, einen Arbeitgeber zu finden, der nicht gleich beim Vorstellungsgespräch volle Hosen aufgrund ihres starken Selbstbewusstseins bekam. Bisher alles Fehlanzeige. Dietlinde konnte wirklich eindrucksvoll strenge Blicke verteilen, was bei Chefs nicht gut ankam. Und dann war da noch das Problem mit Dietlindes originärem Ausbildungsberuf. Sie war päpstlich geprüfte Rosenkranzdesignerin. Das mag zu gewissen Zeiten ein krisensicherer Beruf sein, hatte aber derzeit überhaupt keine Konjunktur.

Schließlich offenbarte sich endlich eine Chance. Auf einer Shopping-Tour durch die Bastelgeschäfte der Stadt – wer sich Bürzel-Buddies hält, ist gut beraten, ein stetig wechselndes Unterhaltungsprogramm anbieten zu können; dazu ist Kreativität und ein gutes Sortiment an

Krimskrams gefragt – schickte mich eine Verkäuferin in den neu eröffneten Kurzwaren-Laden gegenüber. KREATIV-KUNZE stand in großen Lettern an der Hauswand. Darunter: Kurzwaren-Outlet. Auf die Glastür hatte jemand eine einfache Nachricht geklebt:

„Freundliche Verstärkung unseres Teams gesucht.
Etwas fachliche Vorbildung kann nicht schaden."

Freundlich konnte Dietlinde bisweilen auch sein.

Ich machte ein Handyfoto von der Stellenbeschreibung und eilte nach Hause. Unterwegs überlegte ich angestrengt, welche Strategie wohl effektiverweise anzuwenden sei, um sie für diese zugegebenermaßen niveaulose Hilfstätigkeit gewinnen zu können.

Dietlinde saß am Küchentisch und blätterte in einem Handarbeitskatalog, von dem ich eigentlich dachte, dass sie ihn schon auswendig kannte.

„Suchst du nach einer Inspiration für deine unermesslich großen Künste?"

Dietlinde blickte mich irritiert an. Sie schwieg.

„Wäre es nicht schön, mal etwas hochwertigere Materialien zu verwenden? Deine Erzeugnisse bekämen sicher eine ganz andere Wirkung?", versuchte ich, sie zu ködern.

„Ja, sicher. Aber hochwertige Wolle ist eben auch hochpreisig. Waldi ist schon wieder mit dem Unterhalt in Verzug", entgegnete Dietlinde geknickt.

„Warst du schon mal bei KREATIV-KUNZE? Das ist ein neuer Bastelladen mit naja, *Kurzwaren* .... Komisch, warum der von sich behauptet, Kurzwaren zu verkaufen ..." Das Wort gefiel mir nicht.

„Nein, ich war noch nicht drin. Was ist daran komisch, Kurzwaren im Sortiment zu haben?", wollte Dietlinde wissen.

„Naja, der bietet doch jede Menge Stoff, Garn, Wolle, Schlüpfergummis und sowas an. Das sind schließlich alles Dinge, die derart lang sind, dass sie sogar aufgerollt werden müssen. Eigentlich sollte es *Langwaren* heißen", entgegnete ich stirnrunzelnd. Mir drohte der rote Gesprächsfaden zu entgleiten.

„Meine Güte, Charly, worüber du dir immer Gedanken machst. Was interessiert Dich denn neuerdings an Kurzwaren?"

„Gar nichts, es sei denn, ich kann dir zu toller Wolle für einen Super-Bürzel-Buddy verhelfen. Interesse?" Ich hatte mich entschieden, ihr zunächst die positiven Nebeneffekte des Jobs unterzujubeln, bevor ich zur Sache kam. Dass wir tatsächlich eines Tages einen Super-Bürzel-Buddy erschaffen würden, konnte ich zu diesem Zeitpunkt noch nicht ahnen.

„Hä? Mach es nicht so spannend. Welche irrwitzige Idee hast du diesmal ausgebrütet?" Dietlinde hatte schon einige Erfahrung mit meinen rhetorischen Vorstößen.

„Gar nichts Besonderes. Dieses Langwaren-Geschäft sucht eine Mitarbeiterin, die Ahnung hat. Sicher könntest du darüber an edle Wolle zum Einkaufspreis kommen. Vielleicht schaust du dir den Laden einfach mal an." Ich hielt ihr das Handyfoto mit der Stellenanzeige unter die Nase – natürlich nicht ohne es vorher durch den Zusatz „Traumjob" ergänzt und durch bunte Blüten verziert zu haben. Dietlinde fuhr voll auf Blumen ab, daher die Notwendigkeit der grafischen Gestaltung; Dank der Handy-Bildbearbeitungssoftware war das in Nullkommanix erledigt.

Dietlinde warf kurz einen Blick darauf, seufzte und meinte nur: „Keine Chance, ich kann doch gar nichts. Jemand wie ich kriegt keine

Traumjobs angeboten. Außerdem bin ich Designerin und habe keine Erfahrung im Verkaufen."

„Als wenn heute überhaupt noch jemand als Kurzwaren-Fachfrau ausgebildet ist. Außerdem brauchst du ja gar nicht zu verkaufen, du musst nur gut beraten. Dann läuft die Sache quasi von selbst", entgegnete ich beschwichtigend und setzte hinzu:

„Du machst dich jetzt mal richtig alternativ zurecht: Wirf dir einfach deine selbst gestrickte Pferdedecke über und kämm die Haare nicht. Dann schnappst du dir ein paar der Bürzel-Buddies und gehst hin. Eine Bewerbungsmappe brauchst du nicht. Die Buddies sprechen schließlich für sich."

Im Hintergrund sah ich die Bürzels nicken. Einige warfen sich in Positur und ordneten schon mal ihr Faserkleid. Dietlinde zögerte, verschwand dann aber im Keller, wo die Altkleidersäcke lagerten. Von unten hörte ich sie rumoren und einige gewaltige Wortschöpfungen absondern, die üblicherweise das Hoheitsgebiet bildungsferner Schichten sind.

Pook und ich steckten die Köpfe zusammen. Ich impfte dem kleinen Buddy ein, sich beim Vorstellungsgespräch anständig zu benehmen und geduldig die zu erwartende Leibesvisitation durch das Fachpersonal über sich ergehen zu lassen. Dann ersuchte ich Piek und Swifty, zwei weitere äußerst hübsche Buddies, sich ebenfalls anzuschließen. Schließlich ging es um den Frieden in unserem Loft. Ohne Job würde Dietlindes Umzug in eine eigene Wohnung nur ein frommer Wunsch bleiben. Nun schaltete sich auch Brunhilde ein und kommentierte meine Strategie. Sie und ihre Freundin Bernadette waren die ersten und ältesten Bürzel-Buddy-Vertreterinnen und genossen eine gewisse Achtung bei den jüngeren Wollfreunden. Brunhilde nahm kein Blatt vor den Mund und konnte sehr drastisch werden. Man war sich einig, dass das Vorstellungsgespräch bei KREATIV-KUNZE unbedingt ein Erfolg werden müsste und dass den drei Bürzel-Schönheiten Pook, Piek und Swifty eine große Verantwortung zuteilwurde. Brunhilde (manchmal von Neid zerfressen) wetterte jedoch, Äußerlichkeiten würden völlig überschätzt. Man solle lieber nicht zu viel erwarten von den drei eitlen Entlein. Bernadette wollte auch noch ihre Meinung kundtun und schwenkte ihre kleine Brillantkette, die ich ihr zum Einzug in mein Loft geschenkt hatte. Sie und ihre Freundin hätten viel mehr Sinn für Chic und Stil, erklärte sie. Hope versuchte zu schlichten.

Dietlinde tauchte aus dem Keller wieder auf. Sie war kaum wiederzuerkennen. Die *Pferdedecke*, der grobmaschige braune Umhang, von dem ich gesprochen hatte, stand ihr zwar nicht, war aber ein Beweis für ihre Fähigkeit, gleichmäßige Maschen tapetenlang aneinanderreihen zu können. Darunter trug sie eine krass bunte Kittelschürze, in der sie haufenweise Krawatten der 70er-Jahre recycelt hatte, was unzweifelhaft als Meisterwerk der Schneiderzunft bezeichnet werden konnte und an Genialität nur noch durch ihre Kopfbedeckung übertroffen wurde. Auf ihrer lockigen Naturfrisur balancierte sie etwas, das wohl eine Art Baskenmütze hätte werden sollen, jedoch wie ein Topflappen mit Nippel aussah und in den das Wort „Kopflappen" grün eingestickt war. Sticken konnte sie also auch.

Kurzum, sie war meines Erachtens für das Vorstellungsgespräch höchst angemessen gekleidet.

Pook und ich saßen am Küchentisch und verfolgten mit großen Augen ihren Auftritt. Mein wohl erzogener Bürzel-Buddy hatte sein kleines Köpfchen schief gelegt und zog die Angora-Maschen zusammen. Seine Körpersprache sagte mir, dass er mit Dietlindes Optik nicht zufrieden war, gleichwohl hätte er es nie unumwunden ausgesprochen.

„Keinen Schritt gehe ich in diesem Aufzug aus dem Haus. Ich mache mich ja zum Gespött der Stadt!", knurrte Dietlinde mit verkniffenem Gesicht. Dann ging es mit drohendem Zeigefinger weiter: „Du und dieser Wollhaufen neben dir, ihr braucht mich gar nicht so unschuldig anzusehen. Ihr könnt euch ja kaum das Lachen verkneifen."

Ich prustete los. Nach sekundenlanger Lachsalve rang ich nach Luft. „Pook findet die Krawattenklamotte unmöglich. Er votiert auch hier für irgendeine Strickware. Was sonst ist von einer Häkelente zu erwarten?"

Pook bedachte mich mit strafendem Blick und flüsterte nur, ich dürfte zwar Bürzel-Buddies gelegentlich für meine Zwecke einspannen, sollte es nur ja nicht übertreiben. Die Rache der Buddies könne fürchterlich sein. Ich zweifelte nicht daran und hielt lieber den Mund.

Dietlinde grübelte über der Perfektionierung ihres Outfits nach: „Vielleicht sollte ich Schmuck anlegen. Was meinst du? Die Smaragdkette eventuell?"

Ich zog die Augenbrauen hoch und schielte zu Bernadette rüber. „Warum nicht? Glamour hilft immer. Die Steine passen gut zu deinen grünen Augen. Sind aber eine Konkurrenz zum Kopflappen." Ich kicherte schon wieder. Pook wendete sich missbilligend ab. Er fand mich albern. Dietlinde streckte uns die Zunge heraus, wirbelte einmal um die eigene Achse und verschwand wieder im Keller.

Am Ende blieb der unsägliche Krawattenkittel zuhause, wurde aber durch eine handgenähte Jeansweste ersetzt. Ich half Piek, Pook und Swifty in das Bürzel-Buddy-Transportkörbchen und verabschiedete meine eigenwilligen Freunde mit „toi, toi, toi" zu dem Vorstellungsgespräch bei KREATIV-KUNZE.

2. MISSGESCHICKE, GLEICH MEHRERE!

Wer auf Hilfe angewiesen ist, sollte kleine Brötchen backen.
Wer aber obendrein noch gute Umgangsformen missachtet,
darf sich über bockige Reaktionen nicht wundern.
Das Unheil nimmt seinen Lauf!

Kaum waren Dietlinde und die drei schönsten aller Bürzel-Buddies aus dem Haus, setzte bei mir die Nervosität ein. Ich hatte regelrecht Lampenfieber und bereute bereits nach fünf Minuten, dass ich sie nicht wenigstens bis zur Ladentür begleitet hatte. Aber Dietlinde sollte nicht merken, wie wichtig dieser Job als Einkommensquelle war und wieviel davon abhing — nichts weniger als der allgemeine Burgfrieden in meiner Wohngemeinschaft. Eine einundzwanzigköpfige Kompanie von unzufriedenen Häkelenten kann nämlich zu einem Tsunami werden; diese Grenzerfahrung war mir bereits vergönnt gewesen, und es gab keinen Bedarf der Wiederholung.

Ich lief in meinem Loft hin und her wie ein Tiger im Käfig, den verbleibenden Bürzel-Buddies Bestätigung und Zuversicht abringend. Lilly war optimistisch. Sie wusste, dass man sich auf Pook verlassen konnte. Wenn einer es schaffen würde, dann der Clanmeister. Die Kletterente Piek dagegen, war ein Unsicherheitsfaktor ... Bürzel-Freundin Hope mahnte deswegen zur Mäßigung. Übertriebener Optimismus hätte schon immer ins Verderben geführt, meinte sie. Ich wurde immer nervöser.

Es klingelte an der Tür. Ausgerechnet jetzt. Ich war mental gar nicht auf Besuch eingerichtet, eine Situation, die immer dann entstand, wenn meine Mutter sich die Ehre gab. So war es auch diesmal. Crescentia, die verhinderte Ex-Ballett-Diva, stand im Türrahmen und machte ein besorgtes Gesicht. Auch dies war die übliche Praxis. Sie sah in ihrem silbernen Chiffonkleid aus wie Rettich in gebrauchter Frischhaltefolie, knisterte auch vergleichbar. Ihre feingliedrigen Finger in schwarzen Handschuhen trugen vor dem schwarzen Lackledergürtel ehrfürchtig eine bordeauxrote Samtschachtel. Sie war mal wieder eine Augenweide, insbesondere wenn man Dietlindes jüngsten Auftritt im Gedächtnis hatte.

„Hallo Mami, wie schön, dich zu sehen. Komm doch rein. Geht es dir gut?", erkundigte ich mich höflich. Meine Mutter benötigte grundsätzlich mehr Mitgefühl als andere Menschen.

„Oh je, Charly. Gut, dass ich dich antreffe. Mir ist ein schreckliches Missgeschick passiert." Sie schritt vor mir durch den Flur zu meinem Schreibtisch und deponierte ihre Schatulle mitten auf meinen Unterlagen. Da sie meine freiberufliche Projektarbeit nicht als Arbeit ansah, hatte sie auch keinen Respekt vor meinem Arbeitstisch. Selbst die Bürzel-Buddies hätten das nicht gewagt.

Ich kannte die edle Schachtel noch aus meiner Kindheit. Ihr Inhalt war der eigentliche Grund für das unterkühlte Verhältnis zwischen ihr und mir. Ich starrte auf den roten Samtdeckel, dann auf sie, dann wieder zurück, in der Erwartung einer Tirade aus Vorwürfen – so wie damals. Aber sie sagte nichts, schluchzte nur: „Mach auf!"

„Vergiss es. Ich fasse dieses Heiligtum nicht an. Sonst muss ich mir wieder anhören, meine Drecksfinger hätten schlechtes Karma über dein Leben gebracht."

„Papperlapapp. So etwas habe ich nie gesagt. Tu nicht so weinerlich. Schlimmer kann es sowieso nicht mehr kommen." Mit diesen Worten öffnete sie den Deckel und drehte das Kästchen in meine Richtung. Darin befand sich wie eh und je ihr mit Diamanten besetztes Diadem aus ihrer aktiven Zeit als Ballett-Tänzerin. Sie hatte es vor etwa fünfundvierzig Jahren vom Intendanten ihres Opernhauses geschenkt bekommen, anlässlich ihrer Ernennung zur Primaballerina. Kurz darauf erfuhr sie von ihrer Schwangerschaft mit mir, und dass es für uns beide lebensbedrohlich sei, wenn sie weitertanzte. Die Entscheidung, mir zuliebe mit dem Tanzen aufzuhören, muss die schwerste ihres Lebens gewesen sein – und das bereut sie noch heute. Ich vermute, sie ist der Meinung, ich sei es nicht wert gewesen.

Dass meine Geschwister auch keine granatenmäßigen Vorzeigekinder wurden, zählte dabei nicht.

Der heilige Gral lag in seinem Kabinett, und mich beschlich eine leise Vorahnung, die Büchse der Pandora geöffnet zu haben. Wie Recht ich damit behalten sollte …

Schon auf den ersten Blick hatte ich gesehen, dass das Diadem Fehlstellen aufwies. Crescentias behandschuhter Zeigefinger stupste die Schachtel an und piekte dann auf meine Brust. „Du bringst das wieder in Ordnung! Das wirst du doch schaffen? Bitte sei einmal zu etwas nutze!"

Meine Mutter fand irgendwie nie die richtigen Worte und vergriff sich dauernd im Tonfall, ein Missgeschick nach dem anderen. Ich kannte aber verschiedene Mittel und Wege, um mich zu rächen. Im Hintergrund lauerten ein paar der Bürzel-Buddies und machten lange Hälse vor Neugier, was sich wohl in der Schachtel befand. Ich lud Bernadette ein, sich das Diadem mal aus der Nähe anzusehen. Sie war natürlich hochinteressiert und baumelte demonstrativ mit ihrer Brillantkette. Die Dame hielt sich für eine Schmuckexpertin.

Bernadette durfte sich also neben die Schatulle setzen und einen Blick hineinwerfen. Während ich gerade begann, ihr von der Herkunft und Bedeutung des Diadems zu erzählen – und Bernadette sogleich in schwärmerisches Kwäken verfiel – wurde mein Vortrag durch Crescentia brüsk unterbrochen. Erwartungsgemäß empfand sie meine

Beschäftigung mit der Bürzel-Dame als Affront sich selbst gegenüber und keifte entrüstet los, natürlich unterstrichen durch theatralische Gestik und aufgerissene Augen, soweit ihre Schlupflider dies zuließen.

„Wie kannst du mit dieser ausgestopften Wollsocke rumspielen, wenn deine Mutter gerade verzweifelt ist und einmal deine Hilfe braucht? Habe ich dich keinen Anstand gelehrt? Kümmere dich gefälligst um die Rettung meiner Reputation!"

Ich ließ von Bernadette ab und blickte die alternde Diva herausfordernd an. „Wovon redest du eigentlich? Wenn du nicht immer so maßlos übertreiben würdest, könnte ich dich ja auch mal ernst nehmen."

Sie unterbrach mich. Ihre Stimme überschlug sich. „Mein altes Theater feiert übermorgen zweihundertjähriges Bestehen und alle ehemaligen Solisten sind eingeladen. Du glaubst doch nicht, dass ich dort ohne mein Diadem auftauchen kann. Alle würden mich für eine bedeutungslose Schrulle halten. Ich habe das Diadem seit heute Morgen getragen. Bis es mir vom Kopf gerutscht und in die Wertstofftonne gefallen ist. Mein Nachbar hat dann …"

Ich musste mal ihren Redefluss stoppen: „Hä? Warum trägst du das Ding den ganzen Tag bei der Hausarbeit? Wie bescheuert kann man denn sein? Bei deinen dünnen Flusen, die du Haare nennst, hält das nie und nimmer – ging schon früher nicht."

Meine Mutter seufzte: „Du verstehst das nicht. Ich muss es doch Probe tragen, damit ich mich daran gewöhne und übermorgen eine natürliche Kopfhaltung bewahren kann. Man sieht doch sofort, ob jemand einer Ehrung würdig ist oder nur eins dieser talentfreien Hoppelhäschen darstellt, die nach einer Saison ihre Stampfbeine überlastet haben."

Ich stellte mir meine Mutter im Hoppelhäschen-Kostüm vor. Grinsen wäre jetzt einem Hochverrat gleichgekommen.

„Genug diskutiert. Da sind zwei Steine aus dem Diadem gefallen – und dort ist es ganz verkratzt, siehst du? Kriegst du das hin oder nicht?"

Meine Mutter wurde ungeduldig. Ich allerdings auch, denn ich wollte sie einfach nur loswerden. Natürlich würde ich das reparieren können. Da war nur noch eine Sache: Bernadette hatte die ganze Zeit still hinter dem roten Schmuckkästchen gesessen. Ganz klein und elend musste sie sich gefühlt haben. Ihr hübsches Gesicht hatte sie tief zu Boden gesenkt, ihre beige-gelben Maschen hingen so schlaff herab, dass man ihre niedlichen Kugelfüße kaum noch sehen konnte. Sie war noch nie so erniedrigt worden. Mein Beschützerinstinkt meldete sich prompt.

„Okay, ich repariere dir das Prunkstück – unter einer Bedingung!"

„Die wäre?"

„Du entschuldigst dich bei Bernadette."

„Wie bitte, bei wem? Wofür denn?"

„Für die ausgestopfte Wollsocke. Bitte sie um Verzeihung! Sonst kannst du deinen Tand gleich wieder aus dem Müll fischen. Aber diesmal wird die Blechhaube nicht als Wertstoff verklappt."

Meiner Mutter blieb die Spucke weg. Sie glotzte nur ungläubig. Ich hatte den Kanal voll mit ihr. Wer die Bürzel-Buddies beleidigte, sollte mich kennenlernen.

Plötzlich eine Veränderung! Sie schloss die Augen, ließ sich rückwärts auf meinen Bürostuhl fallen und legte ihre Hand an ihre Wange.

„Dir haben die zwei Monate bei Dr. Vroith wohl nicht geholfen", murmelte sie resigniert.

3. STIPPVISITE BEIM DOC

Dicke Freundschaften sind wichtig.
Echt sind sie aber nur, wenn Bürzel-Buddies darin willkommen sind.
Leg diesen Maßstab an, und du wirst nie enttäuscht werden!

Nachdem ich meine Mutter auf sanfte Weise rausgeschmissen hatte, beschloss ich, gleich mit der Restaurierung ihres Heiligtums zu beginnen, aus langjähriger Erfahrung als Bastler wissend, dass es sich nie so einfach gestaltet wie anfangs gedacht. Manchmal fehlte geeignetes Werkzeug, ein anderes Mal gelang die Sache nicht auf Anhieb und man musste noch einmal von vorn anfangen. Nur eins wusste ich mit Sicherheit: Mein Haushalt verfügte über Klebstoff für jede Lebenslage. Seit meinem Auszug aus dem mütterlichen Nest hatte ich mich zum Klebeexperten par excellence entwickelt – eine zwangsläufige Karriere, wenn man nicht nähen kann, kein Geld für Handwerker hat und auch sonst zu nichts nutze ist, wie es Crescentia nicht müde wurde zu erwähnen.

Es gab Zeiten, in denen ich schwer unter ihrer Geringschätzung gelitten hatte, was logischerweise nicht gerade förderlich für mein Selbstwertgefühl gewesen war. Die Folge war eine feige Lusche, die an jedem Alltagsproblem scheiterte. Außerdem sah ich meinem Vater ähnlich, das Schlimmste, was ich meiner egozentrischen Mutter hätte antun können – insbesondere, weil er sie bereits im ersten Jahr der Ehe sitzengelassen hatte. Wie man sieht, hatte sie allen Grund, mich doof zu finden – und gab mir das mit schöner Regelmäßigkeit zu verstehen.

Dann lernte ich Dietlinde kennen, auch kein Ausbund an Einfühlungsvermögen, aber mit ihr konnte man Spaß haben. Und sie schuf den ersten Bürzel-Buddy, dann noch einen und dann ganz viele, bis ich in der Betreuung der kleinen Häkelenten völlig unterging. Schließlich landete ich für ganze zwei Monate bei Dr. Vroith, der anfangs überhaupt nicht verstand, worum es bei der Bürzel-Buddy-Haltung eigentlich geht und völlig am Problem vorbeitherapierte.

„Hör mal, Doc, ich werde mich heute Abend etwas verspäten. Crescentia hat ... Was? Ja, wer sonst. Erzähle ich dir nachher. Wen soll ich mitbringen? Lilly, die Sängerin, okay. Kannst Kalle schon mal rausputzen, haha, heute ist französischer Abend. Bis später!" Ich legte den Hörer zurück in die Ladeschale und schnappte mir das pinkfarbene zarte Geschöpf. Lilly meckerte etwas über den unvorhergesehenen Ausflug, sie sei nicht ausreichend auf ein Gastspiel vorbereitet. Brunhilde lästerte, man habe sich eine Pause von ihrem Gekrächze durchaus verdient, und das Auditorium mit Kalle und Co. sei sowieso völlig anspruchslos. Ich solle Lilly ruhig mitnehmen. Bruni schwellte ihre grünmaschige Brust mit der kleinen Perlenkette. Sie ätzte gern mal gegen ihresgleichen. Lilly kannte das schon.

Also zogen wir zwei Stunden später los. Der Doc und ich hatten donnerstags unseren Rommé-Abend, genau genommen spielten wir Gin Rummy, die amerikanische Variante. Der Doc nutze diese Gelegenheit gern, um sich ordentlich einen hinter die Binde zu kippen, was seiner Meinung nach der eigentliche Sinn des Spiels war.

Jedenfalls war er überzeugter Bürzel-Buddy-Fan, genau wie ich. Bei ihm wohnte Kalle, ein blau-weißes Exemplar mit weichem Köpfchen, blau gemustertem Körper und weißem Gesichtskranz, ähnlich seinem eigenen weißen Vollbart. Kalle freute sich immer über Besuch; und so brachte ich jede Woche einen anderen meiner Wollfreunde mit zu unserem Spiel. Diesmal war also die Französin Lilly die Auserwählte.

Ich war in einem beklagenswerten Zustand gewesen, als der Doc und ich uns damals kennenlernten. Menschengemachte

Enttäuschungen und leidenschaftliches Selbstmitleid hatten mich an die Bürzel-Buddies geschweißt und humanoide Kontakte nach und nach abschneiden lassen. Realitätsfern und unnahbar wie ich war, reagierte ich ungemein bockig auf Dr. Vroiths therapeutische Versuche. Schließlich kreuzte Dietlinde mit Kalle auf, und der wickelte ihn regelrecht um den kleinen Kugelfuß. Seitdem fanden unsere Sitzungen auf einem anderen Niveau statt, einem, das Augenhöhe erreichte und für jeden von uns wertvoll wurde. Unsere Freundschaft vertiefte sich sogar noch, nachdem die Krankenkasse Wind von unseren Entenspielchen bekommen hatte und weitere Therapiesitzungen aufgrund vermuteten Missbrauchs von Sozialgeldern nicht mehr weiter finanzieren wollte. Das war in Ordnung. Ich hatte derart an Selbstsicherheit und Lebensfreude gewonnen, dass ich sogar meiner launischen Mutter Paroli bieten konnte. Sie hatte sich den Effekt meines Exils natürlich anders vorgestellt.

Ich erzählte dem Doc von Crescentias Diadem und wie ich diesen heiligen Gral zu neuem Glanz und Gloria verholfen hatte: „Meine Mutter hat es sich natürlich wieder einfach gemacht. Dachte sich wohl, Charly kriegt das schon irgendwie hin, hat ja sowieso den ganzen Tag nichts zu tun. Die ausgebrochenen Klunker in die Fassung zu kleben war eine Kleinigkeit, aber die Kratzer vorn an der Stirnseite erforderten einiges an Improvisationsvermögen."

„Du meinst, du hast es irgendwie hingefummelt?" Der Doc grinste mich an.

„So in etwa. Ich habe den dicksten Kratzer einfach mit der Lochzange rausgestanzt. Wegen der Symmetrie musste dann natürlich auf der anderen Seite auch ein Loch rein. Sieht jetzt aus, als wäre es schon immer so gewesen. Den Grat habe ich abgefeilt und alles schön poliert. Kaum zu glauben, wozu der flauschige Hintern eines Bürzel-Buddys zu gebrauchen ist."

Der Doc sah mich ungläubig an. „Was hast du gemacht? Das zarte Unterteil eines Buddies missbraucht? Obendrein auch noch das Golddoublé gelöchert? Deine Mutter trifft der Schlag – und ich armer Seelenklempner muss es wieder ausbaden."

„Belüftungsöffnungen sind genau das, was ihr Hirn gebrauchen kann; und du kannst auch noch daran verdienen. Problem perfekt gelöst!"

„Danke, dass du mich wenigstens vorgewarnt hast." Der Doc seufzte.

Ich blickte trotzig drein und ergänzte lakonisch: „Wenn sie mit meiner Methode nicht einverstanden ist, behelligt sie mich nächstes Mal wenigstens nicht wieder. Hätte ja gleich zum Juwelier gehen und mehrere hundert Euro dafür ausgeben können." Ich zuckte die Schultern und mischte die Spielkarten. Lilly begann ein Liedchen von Edith Piaf zu trällern. Kalle lauschte hingebungsvoll, sein silbernes Bürzelschwänzchen rhythmisch von links nach rechts biegend. Der Doc schraubte an der Gin-Flasche und brummte mit. Dann erkundigte er sich nach Dietlinde. Ich erzählte ihm von der Stellenanzeige bei KREATIV-KUNZE und dem grün bestickten Kopflappen. Er lachte schallend: „Sie sollte lieber dabeibleiben, Bürzel-Buddies zu häkeln." Wohl wahr. Kalle fand sowieso, für einen neuen Bürzel-Kumpel sei bei ihm und dem Doc durchaus noch Platz.

Es war ein sehr schöner Abend. Der letzte für sehr lange Zeit.

Zu später Stunde fuhren wir nach Hause, Lilly und ich. Kalle schenkte ihr zum Abschied ein Stück blauen Faden aus seinem Wollkleid, damit sie ihn nicht vergisst – sehr romantisch. Lilly war gerührt.

4. STURZFLUG

Von Bürzel-Buddies eskortiert zu werden,
erfordert Mut und Gelassenheit.
Man schlittert garantiert in eine groteske Situation hinein.
Dabei sind die wolligen Übeltäter eigentlich Glücksbringer!

Am nächsten Morgen – wie üblich war es stockfinstere Nacht als Dietlindes Bettflucht einsetzte – schleppte ich mich verkatert Richtung Espressomaschine und betätigte den grün leuchtenden Softtouch-Button. Zumindest waren Wasser und Kaffeebohnen jetzt immer frisch nachgefüllt, und sämtliche Haushaltsgegenstände liefen wie am Schnürchen, seit Dietlinde bei uns wohnte. Sie stand an der Küchenzeile, neben ihr die drei Begleiterscheinungen ihres gestrigen Antrittsbesuchs im Langwarengeschäft. Piek, Pook und Swifty hockten verschüchtert ganz hinten an der Wand, teilweise verdeckt durch den Milchbehälter meiner Lieblingsmaschine. Dicht aneinandergekauert – mit hängenden Bürzeln und Köpfchen – vermieden ihre Knopfaugen meinen Blick. Trotz meiner vernebelten Sinne war klar, dass sie gerade ziemlich zur Schnecke gemacht worden waren. Manchmal haben sogar Häkelenten ein schlechtes Gewissen, aber nur im Ausnahmefall.

Dietlinde schaute mich herausfordernd an und klopfte mit den Fingern ungeduldig auf das Ceranfeld. „Guten Morgen, du Schlafmütze. Nun frag schon!" Ich wusste natürlich genau, was sie meinte, verfügte aber noch nicht über einsatzfähige Stimmbänder.

„Mmh?"

„Na, mein Besuch bei KREATIV-KUNZE! Interessiert dich nicht, wie es war?"

„Mmh-mh!"

„Deine fransigen Früchtchen hier waren wieder in Hochform!", begann sie, noch bevor ich meinen Koffeinpegel auf ein Minimum bringen konnte.

„Wenn schon, sind es *unsere*! Was war denn los?" Meine Stimme knarzte, und ich blickte unruhig zwischen den Bürzels und Dietlinde hin und her. Pook wollte schon mal Schadensbegrenzung betreiben und meinte zaghaft, man sollte bitte bei der Wahrheit bleiben, es liege kein schuldhaftes Bürzel-Verhalten vor. Inzwischen traf Nils in der Küche ein. Er hatte offenbar Stress gewittert und wollte seinem Freund Swifty zur Verteidigung eilen. Swifty war aber noch nicht im Fokus.

Dietlinde fuhr fort: „Ich kam in den Laden und war erst mal allein. Kein Personal weit und breit. Sowas geht jawohl nicht! Dann tauchte eine unreife Tussi auf und fragte unfreundlich, was ich hinter dem Tresen zu suchen habe, dabei war vor lauter Unordnung gar kein Tresen zu erkennen. Wahrscheinlich hat sie im Lager an ihrem rosa-goldenen Handy rumgespielt; das Ding gab ja laufend ein *Pling* von sich. Völlig fehl am Platz, die Dumpfbacke. Sah aus wie ein Modepüppchen, nur Kurven, ansonsten keinen Plan von nichts."

Dietlinde steigerte sich exzessiv in ihre Abneigung für It-Girls hinein. Sie hielt diese Lebensform für einen Beweis der degenerierten Wohlstandsgesellschaft und fand es verantwortungslos, wie junge Menschen ihre intellektuelle Auszeit über die Pubertät hinaus bis zur Midlifecrisis verlängerten.

„Dass ich nichts von ihr wollte, sondern direkt nach dem Chef fragte, lief ihr natürlich besonders quer runter. Irgendwann erschien Herr Kunze höchstpersönlich, und ich war wirklich um Charme und Freundlichkeit bemüht. Aber der hat ja eine Ausstrahlung wie ein Eisschrank: stocksteif, humorlos und völlig desinteressiert an meinem Können." Dietlindes abgespreizter Daumen wies in Richtung der Buddies. „Die Kleinen hier wurden komplett ignoriert. Er schien nur

Augen für den Ausschnitt der Tussi zu haben. Naja, ich gebe zu, mein Outfit hätte diesbezüglich etwas mehr hergeben können. Aber ich dachte, es kommt auf Qualifikation an, nicht auf Sexappeal."

Ich seufzte: „In deinem Alter sollte eine Frau eigentlich wissen, das Letzteres bei Männern *immer* zählt – egal, was du von ihnen willst. Sieh es doch positiv. Die Manipulation ist zwar dummdreist und total simpel. Aber wenn's funktioniert … warum nicht ausnutzen? Manchmal ist eben *nicht* der Weg das Ziel."

Dietlinde machte eine Denkpause. Vielleicht hatte ich sie etwas überfordert.

Pook schaltete sich erneut ein. Er, Piek und Swifty hätten sich wirklich von ihrer besten Seite gezeigt: die Bürzelschwänzchen schön hochgereckt und auch sonst gute Haltung bewiesen. Bürzel-Buddies möchten schließlich nicht ständig auf ihre inneren Werte reduziert werden und wären so froh gewesen, endlich mal ihre äußere Schönheit zur Schau stellen zu können. Aber der hässliche Mann hätte sie einfach nicht beachtet. Dabei sei Mama sogar auf seine Goldbrokatfüße eingegangen. Er stellte demonstrativ sein rechtes Kugelfüßchen nach vorn. Piek und Swifty krochen langsam aus der dunklen Ecke hervor und bauten sich selbstbewusst vor der Espressomaschine auf, die noch immer röchelte und dampfte. Dann liefen beide synchron im Kreis herum, um zu veranschaulichen, wie sie sich präsentiert hatte. Dietlinde grunzte verächtlich. Sie war genervt, weil ich schon wieder mit den Buddies rumspielte, anstatt ihr hundertzwanzigprozentige Aufmerksamkeit zu zollen.

„Bis dahin war ja noch alles in Ordnung. Aber dann schneite eine ältere Kundin rein und wollte einen Stoff für ein Oberteil, das zu ihrem auberginefarbenen Rock passen sollte. Die hohle Tussi schnappte sich allen Ernstes einen giftgrünen Stoffballen, natürlich ohne ihr Handy aus der Hand zu legen, und schmiss den schweren Balken in gesamter Länge über den Tresen!"

Ohhh, ich hatte eine ungefähre Vorstellung davon, was dann folgte.

„Kannst du dir ausmalen, was mit dem ganzen Zeug auf dem Tisch passierte?"

Ich konnte!

„Wie bei einem Bombeneinschlag ging es zu. Zeitschriften, Stoffmuster, Kordeln, alles flog durch die Gegend und landete im Umkreis von Was-weiß-ich-wieviel-Metern. Selbstverständlich waren diese drei Fragezeichen danach auch nicht mehr in Sicht."

Pook, Piek und Swifty saßen regungslos da und sagten kein Wort.

„Nach einer Schrecksekunde setzte Hektik ein. Wir Frauen krabbelten über den Boden und sammelten auf, was zu finden war. Nur der feine Herr Kunze stand majestätisch rum und blickte finster drein. Als die hirnlose Tussi dann noch meinte, sie dürfe nicht unter den Tischen rumkriechen, wegen ihrer ganz schlimmen Stauballergie, da platzte mir der Kragen!"

Ich unterbrach Dietlinde während sie Luft holte. „Wo waren die Buddies denn hingeraten? Doch wohl nicht in einem Spinnenversteck hinter der Klotür?" Grausame Vorstellung. Ich bereute die Idee mit dem Vorstellungsgespräch inzwischen.

„Jaja, das war auch wieder so eine Sache. Unser kleiner blauer Swifty war auf die Auslage mit den Stricknadeln geweht worden. Er sah aus wie ein Schlumpf am Stiel." Swifty, sichtbar peinlich berührt, duckte sich hinter einem Kaffeebecher. Nils, seines Zeichens bester Freund von Swifty, hob sein Kampfsportgerät, den Zahnstocher, und beschwerte sich, einer echten Bürzelmama wäre so etwas nicht passiert – sie sollte sich schämen. Zudem hätte Pook auch mehr Acht geben sollen.

Dietlinde fuhr ungerührt mit ihrer Berichterstattung fort: „Pook hatte sich zwischen zwei Stoffballen einpferchen lassen und drohte, eingerollt zu werden. Kannst du dir das vorstellen?"

„Ente ge-flunder-t?"

„Genau! Schreckliche Sache. Nur Piek war mal wieder nirgends aufzufinden. Ich habe den halben Laden auf den Kopf gestellt und mich heftig mit Herrn Kunze angelegt. Ich dachte mir, darauf kommt es nun auch nicht mehr an. Dann ging die Tür auf und drei weitere Kundinnen strömten hinein. Offenbar gehörte die Gruppe zu der Frau, die nach einem Stoff für ein Oberteil gesucht hatte."

„Du meinst die mit dem Gemüserock?"

„Ähäm, ja genau, das auberginefarbene Teil. Sie machten einen ziemlichen Zirkus und wühlten überall herum – schienen mit Herrn Kunze gut bekannt zu sein. Plötzlich quiekte die eine laut auf, und alle starrten sie an. Sie hatte Piek gefunden! Das kleine Luder hatte sich in dem Grabbelkorb mit Billigwolle versteckt. Ausgerechnet! Wo ich doch so edle Materialien in ihr vereint habe."

Dietlinde hatte einen hochroten Kopf bekommen, und ich hoffte, ihr Bluthochdruck würde nicht zum Kollaps führen.

„Was gibt es da zu quieken? Piek beißt nicht."

„Das habe ich auch erst nicht verstanden. Dann stürzten alle alten Weiber zur ihr rüber und konnten sich vor Begeisterung nicht mehr beruhigen. Als ich schließlich noch Pook und Swifty vorzeigte, brach Euphorie aus. Stell dir vor, sogar mein Kopflappen wurde gewürdigt!"

Dietlinde hielt bedeutungsschwer inne, richtete sich auf und sah mich an, als hätte sie den Beweis für eine bisher unlösbare mathematische Gleichung erbracht.

„Ich vermute, du hast KREATIV-KUNZE mit gestärktem Selbstbewusstsein, aber ohne Jobangebot verlassen. Und nun?"

„Was soll's. Hat eben nicht sein sollen." Dietlinde zuckte resigniert die Schultern und stupste Piek tröstend die Brust. Die Buddies entspannten sich wieder, was man daran sehen konnte, dass ihre Maschen größer wurden und ihr Körperumfang zunahm. Ich war jedoch enttäuscht. Der Traum von Ruhe und Frieden in meinem Loft schien wieder in weite Ferne gerückt zu sein.

5. TANZ! ... AUF DEM VULKAN

Dass ich übersinnliche Fähigkeiten zu haben schien,
sollte sich nicht als Segen herausstellen.
Aber in Unwissenheit feiert es sich am schönsten.

Leicht frustriert schlich ich an meinen Schreibtisch und tauchte für ein paar Stunden in meine Arbeit ein. Dietlinde hatte einen Arzttermin und entschwand für den Vormittag. Die Buddies hatten also frei und konnten ungehindert meine Wohnung unsicher machen. Pook nutzte die Zeit und hielt mal wieder eine seiner Enten-Art-Vorlesungen. In meinem Wohnzimmerregal hatte ich extra ein paar Fächer für das kleine Getier freigeräumt, wo sie ungestört herumlungern konnten und sich neue Flausen einfallen ließen. Natürlich sahen sie prinzipiell die gesamte Mietfläche als ihr Revier an und streunten hemmungslos durch die Gegend.

Mein Blick fiel auf das verhasste Diadem meiner Mutter. Brunhilde und Bernadette, die beiden molligen Schmuckliebhaberinnen, hatten sich daneben platziert, fachsimpelten über die Qualität der Edelsteine und würdigten den Goldschmiedemeister. Spätestens morgen würde Crescentia aufschlagen, um das unglückselige Teil abzuholen. Langsam wurde mir mulmig wegen der eingestanzten Luftlöcher. Vielleicht war ich doch etwas zu weit gegangen?

Am frühen Nachmittag hörte ich die Eingangstür rumsen. Dietlinde war zurück und wuchtete zwei Körbe mit eingekauften Lebensmitteln in die Küche. Sie warf ihre Geldbörse auf den Tisch und begann, den ganzen Kram zu verstauen. Das Telefon klingelte.

„Kannst du mal rangehen? Ist sowieso für dich!"

Ich angelte nach dem Mobilgerät und meldete mich: „Bürzel-Buddy's Pärredeis?" Mein Englisch war nicht besonders gut. Aber ich fand mich originell.

„Hä? Wer? Okay – ja die ist da." Kommentarlos und mit verständnislosem Blick reichte ich Dietlinde den Hörer.

„Ja, bitte?" Schweigen.

Ihr Unterkiefer fiel mit jeder Sekunde eine Etage tiefer. Nach endlosen Augenblicken beendete sie das Telefonat mit fast tonloser Stimme: „Ach so … okay … danke gern. Dann bis morgen. Wiederhören." Sie ließ langsam den Telefonhörer sinken, raunte: „Das glaubst du jetzt nicht!", und setzte sich wie in Zeitlupe auf einen Stuhl.

„Jetzt erzähl schon. Wer war das denn?"

„Ich habe dir doch von meinem Besuch bei KREATIV-KUNZE berichtet – und wie ein paar alte Schachteln mit großem Hallo in den Laden kamen. Das war eben die Anführerin. Sie ist die Mutter von Herrn Kunze und die Besitzerin des Ladens …"

„… und sie will mich für den Job!"

„Was, wirklich? Hast du denn nicht gewusst, dass ihr das Geschäft gehört?"

„Keine Spur. Ich dachte, Herr Kunze wäre der Chef. Aber er ist nur der Sohn und hilft ab und zu aus, wenn Frau Kunze senior anderweitig unterwegs ist. Ich soll morgen wieder vorbeikommen. Dann zeigt sie mir alles."

Plopp, machte der Sektkorken. Ich hatte immer eine Flasche im Kühlschrank parat stehen, in der Erwartung – vielleicht doch eher Hoffnung –, dass mal ein überraschendes Ereignis zum Feiern zwingt. Bisher war das noch nie vorgekommen. Heute war es soweit: Dietlindes Hobby brachte ihr einen Erfolg, von dem sie selbst vor einer Woche noch gar nicht zu träumen gewagt hatte. Was mich betraf, ich freute mich natürlich mit ihr, aber besonders auf den Tag, wo sie auszog und ich endlich mal wieder ausschlafen konnte.

Die Flasche Sekt war innerhalb kürzester Zeit geleert, aber unsere Stimmung verlangte nach mehr. Einige der Buddies hatten bereits Luftschlangen um den Hals und Konfetti im Bürzel. Ich hatte spontan meinen Locher über ihnen entleert. Irgendein Online-Musicstream plärrte: „I've been looking for Freedom". Bernadette tanzte mit Pook eine Art Walzer, soweit man überhaupt einen Dreivierteltakt auf Discobeat hinbekommen kann, sogar linksrum. Swifty und Nils klatschten Beifall mit ihren Kugelfüßchen. Sogar Brunhilde ließ sich von der guten Laune anstecken und schleuderte ihre Perlenkette um den Hals wie einen Hula-Hoop-Reifen. Alle Bürzel-Buddies gratulierten Dietlinde zu ihrem Sprung auf der Karriereleiter. Dieses Langwarengeschäft sei ein so schlecht organisiertes Unternehmen, orakelte Pook, dass es ihr innerhalb kurzer Zeit gelingen sollte, die hohle Tussi wegzumobben und Herrn Kunze abzulösen. Nach spätestens einem Jahr würde sie den Laden übernehmen, da sei er sicher. Natürlich sei Mama dazu auf bürzeltechnische Unterstützung angewiesen. Ich verstand nicht, was er meinte. Hope ergänzte, dass einschlägiges Fachwissen nur von Häkelgeschöpfen kommen könne. Mama sollte sie öfter mal mit ins Geschäft nehmen und um Rat fragen. Aha.

Dietlinde guckte etwas irritiert, fand dann aber, dass dieser Tag des Feierns nicht durch personelle Diskussionen getrübt werden sollte, und überging die Kommentare der altklugen Maschenmonster.

Gegen Abend hatte ich dann die schlechteste Idee meines Lebens.

Ich lud Dietlinde zum Essen ein und wir gingen los, die Bürzels allein zuhause zurücklassend.

Der Traumjob im Retailsegment rechtfertigte ein Sterne-Restaurant, und wir entschieden uns, à la carte zu essen. Trotz üppiger Speisekarte konnte ich Dietlinde nur mit Mühe davon abhalten, ausgerechnet gebratene Entenkeule zu bestellen, der ich schon vor über einem Jahr abgeschworen hatte, nachdem die Bürzel-Buddies bei mir eingezogen waren. Ich hätte es grausam und undankbar gefunden, die Sippe meiner besten Freunde zu vertilgen; obendrein identifizierte ich mich mittlerweile derart mit ihnen, dass es an Kannibalismus gegrenzt hätte. Sogar der Doc war meinem Beispiel gefolgt, nur Dietlinde war uneinsichtig und musste mal wieder an ihre verantwortungsvolle Rolle als Entenmutter erinnert werden. Es half alles nichts. Ich verhängte kurzerhand eine Art Hexenfluch nach dem Motto:

Sei nie so vermessen, die Ente zu essen;
sie wird nach dir rufen, dich ewig verfluchen;
zur Hölle verdammen, verbrennen in Flammen;
mit übelster Pein, ja, so wird es sein;
zum Zonk dich erwählen, den Reichtum dir stehlen;
die Haut dir entreißen, dein Antlitz zerfleischen.
Hast du's nun gecheckt? Sie fordert Respekt.
Drum immer bedenke, die Rache der Ente.

Mit dramatischer Gestik brachte ich ihr den Fluch zu Gehör. Trotzdem ließ sich Dietlinde dazu hinreißen, den „Gruß aus der Küche", eine Entenpastete, zu verspeisen – natürlich nicht ohne lautstark Zweifel an meinem Geisteszustand zu äußern. Dass es dann so kam wie prophezeit, sollte mich selbst am meisten überraschen.

Mit dicken Bäuchen und guter Laune traten wir den Heimweg an. Es war schon dunkel, die Sterne standen hell am Himmel und ein frischer Wind kündigte den nahen Winter an.

„Ich muss endlich mal meine Kleiderkollektion auf Winterzeit umrüsten. Die Sommerjacke reicht einfach nicht mehr. Du kannst jetzt auch wieder deine selbstgeklöppelten Schlabberpullis rausholen. Der Zeitpunkt ist ideal für den neuen Job. Bestimmt kaufen die Leute jetzt jede Menge Wolle und benötigen ganz viele Tipps."

„Ich hoffe es. Nutzlos rumzustehen, wäre für mich unerträglich", erwiderte Dietlinde besorgt.

„Bleib locker. Wie man zum Tagedieb wird, kannst du dir bei deinem Ex abgucken. Waldemar ist Meister im Zeit-Totschlagen und Abhängen. Kannst ihn ja mal fragen, wie man es hinkriegt, seinen Kopf derart zu entleeren, dass zwischen den Ohren Durchzug herrscht." Dietlinde lachte und nickte zustimmend.

Ich steckte den Schlüssel in die Haustür, öffnete und trat ein. Nach zwei Schritten zögerte ich. Irgendetwas war anders als sonst, ich wusste aber nicht, was mich störte. Es war seltsam kühl in der Wohnung … und es roch fremdartig. Dietlinde blieb hinter mir stehen und fragte: „Was ist denn? Warum gehst du nicht weiter?"

„Keine Ahnung …"

Ich betätigte den Lichtschalter und traute meinen Augen nicht. „Verdammt, was ist denn hier los?"

6. WELTUNTERGANG

Immer Aufregung um das kleine Getier.
Aber diesmal zieht das Unheil noch größere Kreise.
Ist die Wahrheit für alle zu verkraften?

Mein Loft verfügte über ein großes Multifunktionszimmer mit Arbeitsecke, Heimkinoanlage (aus Heidelberg) und – hinter einer halbhohen Wand aus Glasbausteinen – repräsentativem Schlafgemach. Unter einer Empore, die über eine enge Spindeltreppe zu erreichen war und auf der Dietlinde ihre Ruhestätte eingerichtet hatte, befand sich die Küche. Von dem kleinen Eingangsflur aus konnte ich fast den ganzen Raum und die meisten meiner Habseligkeiten überblicken. Ich fühlte mich sehr wohl und liebte diese großzügige und gleichzeitig kleinteilige Oase.

Außerdem hatte ich die Bürzel-Buddies von überall aus im Blick, ein großer Vorteil, wenn man eine einundzwanzigköpfige Kumpanei beherbergt, die permanent umherwimmelt.

Ich kannte jedes Staubkorn hier und merkte sofort, dass etwas nicht stimmte.

„Kwäk-kwäk. Bürzel-Freunde, wo seid ihr? — Das gibt's doch nicht!" Ich konnte nicht fassen, was ich sah. Ich sah nämlich keinen von ihnen.

„Oh Charly! Kannst du denn an nichts anderes denken, als an die blöden Viecher?" Dietlinde tapste kopfschüttelnd an mir vorbei.

„Sie sind weg", rief ich verwirrt, „alle!"

Suchend drehte ich mich im Kreis und raufte mir die Haare. Dabei zermarterte ich mein Gehirn, was ich vor dem Verlassen der Wohnung getrieben hatte. Ich war ziemlich angetrunken gewesen; Dietlinde auch. Hatten wir mit ihnen verstecken gespielt?

„Hör schon auf. Ich habe jetzt keine Lust mehr auf deine Entenspielchen. Bin todmüde." Sie gähnte und verschwand im Badezimmer. Aber mir dämmerte langsam, dass es hier nicht um Spielchen ging. Eine totale geistige Finsternis, die sich nur auf Häkelenten bezog, war nicht Bestandteil meiner mentalen Defizite. Natürlich hatte auch ich in der Vergangenheit öfter mal Dinge verlegt oder vergessen, was ich gerade aus einem Schrank holen wollte; das passiert jedem kopfgesteuerten Menschen hin und wieder, besonders meiner nach Perfektion strebenden Mutter, deren Gene auch in mir wucherten. Aber hier ging etwas Ungutes vor sich, das sich jeglicher Kontrolle entzog.

Noch immer wanderten meine Augen im Zickzackkurs durch mein Loft. Ich schaltete jede Leuchte ein, die verfügbar war. Kein Bürzel in Sicht. Dann bemerkte ich endlich die kaputte Scheibe in meiner Terrassentür. Im unteren Bereich gab es ein kreisrundes Loch, kaum größer als das Bullauge einer Waschmaschine. Aufgrund der Dunkelheit draußen war es mir nicht gleich aufgefallen. Davor einige Scherben.

Mir schwante Ungeheuerliches. Ich hastete umgehend zurück in die Küche, schnappte mir das größte Messer aus dem Messerblock und stürzte damit Richtung Badezimmer, um Dietlinde zu warnen … als von innen ein Schrei ertönte, die Badezimmertür aufgerissen wurde und sie kreidebleich in Unterwäsche im Türrahmen erschien. Als sie mich mit dem Messer in der Hand sah, schrie sie gleich noch einmal und warf mir im Affekt einen dunklen Gegenstand ins Gesicht. Ich erschrak dermaßen, dass auch ich losgellte wie ein Nebelhorn und mit beiden Armen, inklusive Messer, orientierungslos in der Luft rumfuchtelte.

„Was soll das? Willst du mich tranchieren? Nimm sofort die Machete weg!"

„Du bist gut, was wirfst du mir diesen Beutel ins Gesicht?" Ich hob ihr Lederfutteral auf, in dem sie immer ihren Schmuck aufbewahrte.

„Charly, es ist leer! Der ganze Schmuck fehlt. Hier, sieh doch selbst! Nichts drin." Zum Beweis stülpte Dietlinde das Etui um und schüttelte es verzweifelt. Wir sahen uns an.

„Die Bürzels sind auch alle verschwunden", hauchte ich leise. „Ich muss sie suchen gehen."

Mit der scharfen Waffe in der Hand wandte ich mich wieder der kaputten Glastür zu. Aber nach zwei Schritten hielt Dietlinde mich fest. „Spinnst du? Bleib bloß hier. Sonst passiert dir noch etwas. Lass uns lieber die Polizei rufen. Meine schöne Smaragdkette …" Sie schniefte und jammerte endlos weiter.

Aber ich hörte nicht mehr zu. Wenn mir jemals etwas den Boden unter den Füßen weggezogen hatte, dann die augenblickliche Erkenntnis, dass meine besten Freunde, diese unschuldigen wunderhübschen, zarten Geschöpfe, die so viel Liebe und Freude in mein Leben gebracht hatten, für immer fort sein würden – und es war mein Fehler. Ich hatte nicht gut auf sie aufgepasst, ihnen offenbar kein warmes und sicheres Heim geboten. Meine Mutter hatte recht: Ich war ein Versager!

Ich versuchte, mich auf die Sitzungen beim Doc zu besinnen. In seiner lebenserfahrenen ruhigen Art hatte er mir ein paar Tipps gegeben, wie bei einem Weltuntergang vorzugehen ist. Aber vor lauter Panik fiel mir nichts mehr ein, außer, dass man ihn jederzeit anrufen darf. Ich fahndete nach dem Telefon. Es klebte gerade an Dietlindes Ohr. Ohne zu zögern, riss ich es ihr aus der Hand, unterschätzte aber ihren eigenen Weltuntergang und erntete einen schmerzhaften Faustschlag in die Nierengegend mit den Worten:

„Finger weg, Idiot! Die Polizei ist dran ... Entschuldigung, Herr Kommissar. Mein Mitbewohner, dieser Psycho, dreht gerade durch. Bitte kommen Sie bald!"

Während Dietlinde kostbare Minuten mit der Polizei am Telefon verplemperte, beschloss ich, unser Schicksal selbst in die Hand zu nehmen und unverzüglich auf die Suche zu gehen. Dem öffentlichen Dienst traute ich ohnehin nur *FF* zu, das steht für *Formulare & Faulheit* und ist das deprimierende Extrakt meiner einschlägigen Erfahrung mit diesem Volk.

Immer noch hatte ich das schwere Messer in der Hand, die Klinge glitzerte im Licht der vielen Lampen, die ich angeschaltet hatte. Aber es war ja noch eine Hand frei. Mein Buddy Nils hatte mich gelehrt, nie schlecht ausgerüstet in den Kampf zu ziehen, also durchforstete ich die Küche nach einer weiteren Waffe. Seit Dietlindes Einzug war mein Geschirr- und Gerätehaushalt stark ausgebaut worden, was sich jetzt als Vorteil erwies. Der handliche Flammenwerfer für Crème brûlée schien die geeignete Zweitwaffe zu sein und war locker mit links zu bedienen. Ich stellte die Flamme auf höchste Stufe. Schnell noch die schwere schwarze Lederjacke übergeworfen, die Flurlampe ausgeknipst und ab ging es an die Front.

Seltsamerweise war es draußen gar nicht mehr so sternenklar wie noch vor einer halben Stunde, als wir nach Hause gekommen waren. Auch der Wind hatte gewaltig aufgefrischt. Ich schlich vorsichtig durch die Eingangstür heraus, penibel darauf achtend, dass kein Lampenkegel auf das Eingangspodest fiel. Mein Ziel war es, das Haus zu umrunden, um mich der Terrasse aus der Ferne zu nähern. Vielleicht hockten die Gangster noch im Gebüsch in Lauerstellung, weil sie vergessen hatten, Spuren zu beseitigen. Langsam schlich ich am Gartenzaun entlang, drückte mich in jede Nische, die das pflanzliche Dickicht bot. Natürlich galt es, auch manche Hindernisse zu überwinden: matschige Maulwurfshügel, fiese Disteln und Gartenmöbel-Gerümpel der Nachbarn.

Unterwegs hatte ich mir schon überlegt, wie ich am besten den Heimvorteil ausnutzen und einen geeigneten Beobachtungsposten einnehmen könnte. Meine Absicht war es, die Regenwassertonne nahe der Garage zu erreichen, hinter der ich mich eng an der Hauswand postieren würde, von wo ich das Gartengelände unbeobachtet observieren könnte.

Von drinnen fiel der großflächige Lichtkegel meiner Festtagsbeleuchtung durch die Scheibe und durch das Einstiegsloch der Einbrecher. Ich sah Dietlinde, wie sie nervös hin- und herlief, immer noch mit dem Telefon am Ohr, und lautstark diskutierte und gestikulierte. Bei dem Gedanken, wie Fremde uns ausgekundschaftet hatten, stieg kalte Wut in mir hoch.

Langsam tastete ich mich durch die Dunkelheit vorwärts. Gerade als ich mich hinter der Tonne niederlassen wollte, huschte ein Schatten am Rand der Terrasse entlang. Er stoppte, verharrte einen Moment und beugte sich dann über etwas Kleines, das Schutz suchend unter eine Topfpflanze geflohen war. Blitzartig wurde mir klar, was vor sich ging. Es war unser Haus- und Hof-Marder, dieses Mistvieh, das seit Wochen die Autos der halben Straße auserkoren hatte, seine Reißzähne kennenzulernen. Auch den Doc hatte er bereits geärgert, als der aufgrund zu intensiven Alkoholgenusses seinen Wagen eine Nacht hier stehen lassen musste und am nächsten Tag zum Fußgänger degradiert worden war.

Nun saß diese Ausgeburt der Hölle keine drei Meter von mir entfernt und fraß ein wehrloses Opfer auf. Vielleicht war es einer der Bürzel-Buddies! Die Größe und Statur könnte auf Lilly oder Hope hindeuten. Ich war entsetzt. Meine Fäuste umklammerten die Waffen noch etwas enger. Der sollte mich kennenlernen. Rache ist Blutwurst! Der Wind kam aus seiner Richtung, sodass er mich nicht wittern konnte. Meine Chance!

Ich spannte sämtliche Muskeln an, die einem Weichei wie mir zustehen, und stürzte rasend vor Wut auf den vermeintlichen Feind zu. Meine behäbige Statur war natürlich viel zu langsam für das schlaue Raubtier, aber es hatte die Rechnung ohne meine Tollpatschigkeit gemacht. Nach drei Schritten verfing sich mein linker Fuß in einer Efeuranke, und ich fiel in ganzer Länge vornüber. Während mein Oberkörper in voller Beschleunigung auf den Terrassenboden klatschte, glitt mir das Messer aus der rechten Hand und segelte in hohem Bogen in die Botanik. Der Marder, bereits mit großem Vorsprung auf der Flucht, wähnte sich wohl schon auf dem Siegertreppchen, denn er war bereits in der Dunkelheit verschwunden. Dann hörte ich ihn winseln. Das herabfallende Messer hatte ihn voll erwischt und mindestens k.o. geschlagen.

In Zeitlupe am Boden herumkrebsend, versuchte ich, einen klaren Gedanken zu fassen. Durch den Sturz hatte ich die Kontrolle über meine Hände verloren und im Affekt den Auslöser des Flambierers gedrückt. Dabei war leider Dietlindes heiß geliebtes Zitronenbäumchen, das im Blumenkübel sein trauriges Dasein fristete, in Brand geraten und fackelte langsam vor sich hin. Ich versuchte, mich mühselig aufzurappeln. Das Zitrusgestrüpp war mir schnuppe, aber was war mit dem armen Opfer des Marders? Ich kroch näher an die besagte Topfpflanze heran, in der Hoffnung, wenigstens einen meiner Bürzel-Buddies in halbwegs gutem Zustand retten zu können. Was ich dann im Halbdunkel wahrnahm, war eine kleine Spitzmaus, die die Attacke des Marders leider nicht überlebt hatte.

Eine große Traurigkeit überkam mich. Mein heldenhafter Einsatz war umsonst gewesen: kein Leben gerettet, keinen meiner Wollfreunde gefunden und auch noch das Zitronenbäumchen hinweggerafft. Aber die Nacht war noch nicht zu Ende.

„POLIZEI! Langsam umdrehen und die Hände über den Kopf!", schallte eine unbekannte Stimme durch die Stille.

Schlagartig war der gesamte Garten in gleißend helles Licht getaucht. Von allen Seiten wurde ich geblendet.

Aha, dachte ich, *endlich sind die FF-Torfköppe auch mal eingetroffen.*

7. DAS VERKORKSTE VERHÖR

Ein Polizeieinsatz wird zur Farce.
Werden die armen Bürzels je wieder nach Hause kommen?
Jetzt kann nur noch einer helfen!

Mühsam rappelte ich mich auf, immer schön die Hände hoch über dem Kopf. Durch die starken Scheinwerfer war ich völlig orientierungslos und tat, wie mir geheißen. Aufgefordert, die Waffe fallen zu lassen, warf ich den Flambierer vor mich auf den Boden. Zwei vollschlanke uniformierte Rüpel griffen mir unter die Arme und schleppten mich in die Wohnung. Im Hintergrund hörte ich Dietlinde lamentieren und schimpfen; sie trauerte um ihr Zitronenbäumchen und gab mir alle Schuld der Welt.

Ich wurde auf dem Sofa platziert. Mein Kopf hämmerte, das Gesicht brannte von den Schürfwunden, die ich mir beim Sturz zugezogen hatte. Ich konnte nichts sagen, nur den Kopf hängen lassen und ächzen. Die Sorge um meine kleinen Bürzelfreunde hatte mich regelrecht gelähmt. Aber mir war nun alles egal. Sollten sie doch mit mir machen, was sie wollten. Ein Leben ohne Bürzel-Buddies war möglich, machte aber überhaupt keinen Sinn.

Als ich schließlich aufblickte, glaubte ich zu fantasieren — was nach meinem Bauchklatscher auf den Granitplatten nicht verwunderlich gewesen wäre. Zwei Schießbudenfiguren, die sich als Kommissare vorstellten und aussahen wie Räuber Rotzenmotz und Wachtmeister Tüpfelhoser, begannen, mich zu verhören. Sie glotzten mich durchdringend an, in der idiotischen Erwartung, ich würde vor ihnen Angst bekommen oder mich winselnd zu jedwedem Geständnis überreden lassen.

Irritiert schaute ich mich um, aber die anderen zwei Polizisten im Raum schienen die Typen ganz normal zu finden. Dietlinde unternahm zwischenzeitlich verzweifelte Löschversuche, indem sie draußen kannenweise Wasser über dem Zitronenbäumchen auskippte. Es qualmte und stank. Nur gut, dass kein Obst mehr daran gehangen hatte, denn darum hatten sich bereits vor Wochen die Kinder meiner Nachbarn gekümmert und alles geplündert. Da es sich bei einem Zitronenbäumchen bekanntermaßen nicht um den berüchtigten Baum der Erkenntnis handelt, waren sie anschließend auch nicht aus dem Paradies vertrieben worden, was ich sehr schade fand. Kinder sind für ausnahmslos absurde Aktionen bekannt und konnten auch diesmal nicht durch erwähnenswerten Grips überzeugen. Die Zitronen waren nämlich nicht essbar. Vielleicht am Ende doch eine Erkenntnis für die Bürschchen?

„Was haben Sie im Garten getrieben? Reden Sie!" Räuber Rotzenmotz war äußerst schlechter Laune.

„Machen Sie lieber den Mund auf, sonst kommen Sie mit aufs Revier. Aber glauben Sie bloß nicht, dass Ihnen das gut tun wird. Sie haben unserer Einheit soeben den Kostümball verhagelt." Wachtmeister Tüpfelhoser mit seiner Pickelhaube schien naturgemäß auch nicht gerade in Kuschelstimmung zu sein, aber wer ein solches Kostüm auswählte, konnte sowieso nicht alle Latten am Zaun haben.

„Ich will telefonieren – bitte!" Meine Stimme klang jämmerlich.

„Okay, Ihnen steht ein Anruf zu, aber sie bleiben hier sitzen!"

Dietlinde kam wieder herein und schmiss mir im Vorbeigehen das Telefon gegen die Brust. Sie war derart geladen, wie ich sie noch nie zuvor erlebt hatte. Mir tat es nun sehr leid, was ich ihrem Bäumchen angetan hatte, so beklagenswert, wie es dastand, halbseitig verkohlt. Aber Worte fand ich keine. Man muss auch Prioritäten setzen dürfen. Die Bürzels hatten Vorrang.

Ich tippte auf die Kurzwahltaste vom Doc und bangte, ob er rangehen würde. Tatsächlich meldete er sich und verstand – aufgrund meines wirren Gestammels – zunächst gar nicht, worum es eigentlich ging. Aber er kapierte, dass es ernst war, und erklärte sich bereit, sofort vorbeizukommen.

„Bitte bring Kalle mit. Vielleicht kann uns dein Bürzel-Buddy auf die Spur seiner Artgenossen führen", setzte ich noch schnell hinzu, bevor er auflegte. Ich war erleichtert. Endlich jemand, der mich verstand und zu mir hielt.

Inzwischen waren die Polizisten dabei, die gesamte Wohnung auf den Kopf zu stellen, was meines Erachtens reine Schikane gegenüber unbescholtenen Bürzel-Buddy-Haltern war, aber kein ermittlungstechnisches Erfordernis. Die Einbrecher hatten alles recht sauber und ordentlich hinterlassen: keine durchwühlten Schubladen, keine zerbrochenen Vasen, keine umgestürzten Stühle, wie man es aus Kriminalfilmen kennt. Vermutlich hatten die Ganoven meine Wohnung vorher umfassend ausspioniert und herausgefunden, wo sich die Schätze befanden. Apropos Schätze … Crescentias Diadem? Schlagartig in Panik drehte ich mich so abrupt um, dass Rotzenmotz sich genötigt sah, mich zu ermahnen: „Sitzengeblieben!"

Mein Schreibtisch machte einen bemerkenswert aufgeräumten Eindruck … *zu* aufgeräumt. Die rote Samtschachtel fehlte, ebenso das Diadem, das ich daneben deponiert hatte, um den Klebstoff trocknen zu lassen. Jetzt, wo es wieder top in Ordnung war, hatten es sich Unbefugte unter den Nagel gerissen.

„Verdammt! Mamis Prunkhaube ist auch futsch!", entfuhr es mir. Dietlinde zuckte nur die Achseln und bückte sich hinter der Küchenanrichte.

„Wer hat denn hier die Weintrauben runtergeworfen? Herr Kommissar, so geht das aber nicht." Sie klaubte eine zermatschte Traube mit einem Zahnstocher auf. Zu mir gewandt fuhr sie fort: „Dir blüht noch so einiges. Deine Mutter zerreißt dich in Stücke – und falls nicht, tue ich es."

Die FF-Torfköppe stemmten ihre Hände in die Hüften und bauten sich breitbeinig vor mir auf. „So, jetzt packen Sie mal aus. Was hatten Sie im Garten mit dem Flammenwerfer vor?"

Wie lächerlich, ihre dümmliche Maskerade untergrub jegliche Autorität bereits im Ansatz, da nützte auch keine GSG-9-Körpersprache. Gerade wollte ich eine despektierliche Bemerkung loslassen, als einer der Streifenpolizisten terrassenseitig auf uns zumarschierte. Seine schweren Stiefel dröhnten auf meinem Parkett, seine Knarre im Halfter vibrierte mit jedem Schritt. Sehr beeindruckend!

„Schauen Sie mal hier, Chef. Unser Freund hat einen Marder abgemurkst. Offenbar ein talentierter Messerwerfer." Er trug das fiese Fellbündel samt Messer auf dem Arm herein. Mit ‚Freund' meinte er wohl mich. Meine Jagdtrophäe sah ziemlich fertig aus, wie ich mit Genugtuung feststellte. Kopf und Schwanz hingen schlaff herunter. An meinem Küchenmesser klebte ein Büschel graue Marder-Haare, aber kein Blut. Bestimmt sind die Biester blutleer wie Vampire oder haben farblosen Methylalkohol in den Adern. Irgendein Geheimnis musste ja dahinterstecken, wenn man so gerissen ist. Wahrscheinlich hatte sich die Pelzratte nur totgestellt, um bei nächster Gelegenheit zuzubeißen und zu fliehen. Mein Feindbild war jedenfalls klar definiert.

Der Polizist wurde angewiesen, den Marder in die Rechtsmedizin zu bringen, um zu klären, woran er krepiert war. Mardermord stellt nämlich eine Straftat dar und wird entsprechend geahndet. Ich plädierte auf Notwehr, stellvertretend für die kleine Spitzmaus.

Wachtmeister Tüpfelhoser fand das gar nicht lustig und drohte mit Arrest, dabei war dies erst der Anfang. Unser Kriminalfall sollte sein Weltbild gehörig auf den Kopf stellen, denn jetzt klingelte es an der Tür und der Doc kam herein – mit Kalle.

8. SUSPEKT

Eine Peinlichkeit kommt selten allein.
Dabei liegt die Überforderung eindeutig bei jenen Menschen,
die nicht über Bürzel-Buddy-Erfahrung verfügen.
Toleranz ist gefragt, geht aber nicht immer.

Wenn Kalle den Doc auf Hausbesuchen begleitete, ließ er sich immer in einem offenen Filzkörbchen mit Kordel transportieren. Diesmal nicht. Die beiden hatten wohl so eine Ahnung, dass man nicht gleich mit der Tür ins Haus fallen müsste und zunächst die Lage sondieren sollte, bevor gegenüber der Polizei alternative Lebensgemeinschaften offenbart würden.

Mit seiner ruhigen und seriösen Art gelang es dem Doc, bei den Kommissaren zu punkten. Er versuchte den Beamten zu verklickern, dass ich ein harmloser Irrer war, der nie ein Kuscheltier haben durfte und zeitlebens unter seiner herrschsüchtigen Mutter gelitten hatte. Daher bedeutete der Verlust meiner Wollfreunde eine mittelschwere Katastrophe für meine mentale Stabilität, für die ansonsten keine sozialen Kontakte als emotionales Ventil existieren würden. Natürlich waren das nicht exakt seine Worte, aber diese Quintessenz hörte ich heraus. Ich musste schwer schlucken. Entsprach das nicht der Wahrheit?

Von draußen ertönte plötzlich ein Schrei: „AUA!!! Du verdammtes Mistvieh! Komm zurück!"

Ich grinste. Wie zu erwarten war, hatte der Ordnungshüter den Marder unterschätzt und sich übertölpeln lassen. Wenigstens war jetzt meine Anklage wegen Mordes vom Tisch.

Der Doc ließ sich neben mir auf dem Sofa nieder und faselte weiter im psychotherapeutischen Fachjargon, den ich weder begriff noch im Stande bin, hier wiederzugeben.

Einer der Kommissare unterbrach ihn schließlich: „Ja, ja. Schon gut. Diese Wollknäuel sind für Ihren Patienten möglicherweise wichtig, aber wir sind keine Kindergarten-Cops. Haben Sie eine Idee, wer als Täter in Frage kommt oder ob *der* hier [der Kommissar nickte in meine Richtung] vielleicht Feinde hat?" Die Kommissare ließen mich jetzt links liegen, da sie sich vom Doc zuverlässigere Auskünfte erhofften.

„Ich habe absolut keine Ahnung, wer das gewesen sein könnte", entgegnete dieser achselzuckend. „Kann man anhand der Videos denn niemanden identifizieren?"

Den Polizisten klappte die Kinnlade runter: „Videos? Wollen Sie sagen, hier gibt es Überwachungskameras?"

„Jaja. Stimmt doch, Charly, du hattest doch mal eine Wohnraumüberwachung installiert?", fragte der Doc, sich mir zuwendend.

„Ach ja, genau. Ich hatte mal vor, die Bürzel-Buddies zu beobachten, denn tagsüber bin ich manchmal unterwegs – und Dietlinde wohnte damals noch nicht hier. Dabei ist aber nichts rausgekommen. Pook hat es wohl spitzgekriegt und seine Kumpanen angewiesen, sich nur in toten Winkeln rumzudrücken. Obwohl Nils dort drüben gern spielt ..."

„Herrschaftszeiten! Das ist hier keine Märchenstunde, das ist die reale Welt. Kommen Sie mal zu sich, Mann!" Wachtmeister Tüpfelhoser stampfte unruhig von einem Bein auf das andere und brüllte dann seinen Kollegen an: „Müller! Die Kamera dort oben sicherstellen!"

Der Müller-Bulle tat wie geheißen und reichte seinem Chef die eingelegte Speicherkarte, die dieser dann in das kriminalpolizeiliche Plastiktütchen fallen ließ.

Mist, jetzt wird meine gesamte Privatsphäre im Polizeilabor ausgebreitet, dachte ich besorgt. Ich überlegte, welch peinliche Szenen auf den Videos zu sehen sein könnten. Mir fielen einige heikle Situationen ein, wo ich splitterfasernackt durch die Wohnung gehopst war und dabei Luftgitarre gespielt hatte. Oder wo Dietlinde im Strick-Outfit samt Kopflappen inklusive dämlicher Grimassen herumposiert hatte wie eine Woodstock-Puffmutter. Ich blickte zu ihr rüber. Ihr war offenbar überhaupt nicht klar, was für ein Skandal-Potenzial dieses Video barg.

Das Plastiktütchen wanderte in die Jackentasche des Wachtmeisters und mit ihm meine Selbstachtung. Mir war jetzt alles egal, sodass ich den Doc ungeniert nach Kalle fragte: „Ist Kalle nicht mitgekommen? Wir brauchen ihn jetzt!"

Der Doc zögerte und zog dann schließlich den blauen Bürzel-Buddy ganz vorsichtig aus der Innentasche seiner Jacke, um ihn zwischen uns auf dem Sofa zu drapieren. Während ich den kleinen Gesellen freudig begrüßte und mit dem Zeigefinger sanft über sein Wollkleid fuhr, spürte ich die ungläubigen Blicke der umstehenden Polizeibeamten auf mir. „Kalle, es ist etwas Furchtbares passiert. Die Leute hier sind Polizisten und brauchen dringend Unterstützung." Der Doc und ich berichteten ihm abwechselnd, was geschehen war, den Blick dabei sorgenvoll auf den letzten verbliebenen Bürzel-Buddy geheftet.

„Was sollen wir machen, Kalle? Wo sollen wir suchen?"

Räuber Rotzenmotz riss sich genervt die Knollennase aus dem Gesicht und wandte sich resigniert ab. Wachtmeister Tüpfelhoser hatte jetzt endgültig den Kanal voll und musste sich mit gesenktem Kopf an der Küchentheke abstützen. Die übrigen Polizisten witterten Stunk und verzogen sich sicherheitshalber nach draußen auf die Terrasse, wo sie geschäftig an irgendwelchen Gerätschaften herumnestelten. Dietlinde stand mit verschränkten Armen am Fenster und beobachtete die Szene mit grimmiger Miene.

Kalle überlegte eine Weile, reckte sich stolz und kräuselte den Phantomschnabel. Dann seufzte er, während der blaue Brustkorb kurz hervortrat. Wenn er derjenige gewesen wäre, der entführt worden wäre, kwäkte er bedeutungsschwer, hätte er auf jeden Fall einen versteckten Hinweis hinterlassen. Der Doc und ich machten große Augen: „So, was für einen Hinweis denn?"

Kalle stockte.

„Kalle, sag schon, was meinst du genau?"

„K-K-Keine Ahnung. N-N-Nur so ein G-Gedanke ..." Man durfte den friedlichen Bürzel-Buddy nicht bedrängen, sonst verfiel er ins Stottern und blockierte innerlich. Nach endlosen Sekunden fuhr er fort:

Ob es wohl sein könnte, dass die Wollfreunde gar nicht gefunden werden wollten; ob ich einen Disput mit Pook gehabt hätte. Er zog das Köpfchen ein, wohl wissend, wie ich seine Anspielung aufnehmen würde.

Ich schnappte nach Luft. Gerade wollte ich lautstark Entrüstung kundtun, als Rotzenmotz der Kragen platzte.

„Jetzt reicht es mir aber ... Männer, wir gehen!" An Dietlinde und mich gerichtet ergänzte er:

„Und ihr macht eine Liste über alles, was gestohlen wurde ... und ich will nichts von irgendwelchen quasselnden Kuscheltieren darauf lesen. Diese Freakshow hat mir gerade noch gefehlt."

Zu was ihm meine Bürzel-Buddies genau gefehlt hatten, blieb unerwähnt. Aber es interessierte mich auch nicht sonderlich, hatte sich doch eine gegenseitige Abneigung zwischen uns entwickelt, die durchaus das Potenzial besaß zu eskalieren.

Die Mannschaft rüstete zum Aufbruch.

Ich solle auf keinen Fall das Land verlassen.

9. ERWIESENERMAßEN VERFLUCHT

Eine lange Nacht will kein Ende nehmen.
Dietlinde zieht fragwürdige, wenngleich gefährliche Schlüsse.

Inzwischen war es drei Uhr morgens, als die Beamten abrückten. Anstatt mir aufmunternd auf die Schulter zu klopfen, lief der Müller-Bulle kopfschüttelnd an mir vorbei zur Tür, sich eine Floskel der Verabschiedung abringend. Rotzenmotz und Tüpfelhoser reichten Dietlinde höflich die Hand; der Doc und ich wurden demonstrativ ignoriert so als ob Bürzel-Buddy-Liebe ansteckend und gefährlich wäre. Nachdenklich schloss ich die Tür hinter ihnen. *Zumindest ist sie eine Herausforderung, der man gewachsen sein muss*, dachte ich.

Wir klebten noch das Loch in der Fensterscheibe mit einer aufgeschnittenen Plastiktüte zu, dann verabschiedete ich Kalle und den Doc und ging zu Bett. Dietlinde lag schon in ihrem Schlafgemach auf der Empore, aber an Bettruhe war nicht zu denken.

„Das kommt alles nur von deinem bescheuerten Fluch. Ich bin wirklich nicht abergläubisch, aber damit bist du eindeutig zu weit gegangen", schallte ihre schneidende Stimme durch die Dunkelheit.

„Du spinnst!", knurrte ich zurück.

„Wie war das noch? Irgendetwas mit ‚Zonk' – und dass mir Reichtum gestohlen wird. Jetzt ist meine Smaragdkette weg."

„Du hättest eben keine Ente essen sollen. Selbst schuld!" Ich beschloss, mich auf die dümmliche Konversation einzulassen.

„Mit Feuer und Hölle war auch noch etwas dabei, und jetzt ist mein Zitronenbäumchen zu Asche verbrannt. Eine Pflanze leidet schließlich auch." Dietlinde redete sich in Rage.

„Ich hatte dich gewarnt, mehrmals sogar, aber du konntest ja nicht die Finger von der Entenpastete lassen. Bitte schön, das ist die Quittung." War sie wirklich der Meinung, dass ich sie verhext hatte?

„Deswegen musstest du ja nicht gleich so übertreiben. Das bisschen Pastete ist kein Grund für dieses Schlamassel. Hattest du nicht noch eine weitere Gemeinheit in Aussicht gestellt? Sollte nicht noch mein Gesicht aufgeschlitzt werden?"

„Zerfleischt, nicht aufgeschlitzt", korrigierte ich sie.

„Du bist doch das Allerletzte. Wie kannst du mir so etwas antun? Komm mir bloß nicht zu nahe, sonst schreie ich."

„Ich mach ja gar nix."

„Kein Wunder, dass die Bürzel-Buddies dich verlassen haben. Die wollen mit so einem Fiesling auch nichts zu tun haben."

„Hör endlich auf mit dem Quatsch", unterbrach ich sie genervt, „ich habe keine Hexenkräfte – und die Bürzels sind auch nicht vor mir geflüchtet, sondern entführt worden."

„Pah, wer weiß ..." Dietlinde raschelte mit ihrer Bettdecke, was mir hörbar zu verstehen gab, dass sie sich in ihre Einschlafposition gedreht hatte.

Endlich Ruhe!

10. KONFRONTATION

Man dachte, es könnte nicht schlimmer kommen
– und es kam schlimmer!
Die Hiobsbotschaft besiegelt den Fluch.

Am nächsten Tag machte ich mich an die Aufstellung einer Liste über sämtliche gestohlenen Güter. Ich fertigte zwei separate Tabellen an, eine, die nur Wertgegenstände im Verständnis fantasieloser Langweiler aufzählte und eine, die alles enthielt, was ich vermisste. Der Unterschied zwischen beiden Listen bestand eigentlich nur in der Nennung der Bürzel-Buddies, die natürlich namentlich notiert und mit Fotos dokumentiert wurden. Die Summe aller Wertgegenstände im konventionellen Verständnis belief sich auf rund zehntausend Euro. Einen monetären Wert wollte ich den kleinen Rackern aber nicht zuweisen. Wer kann schon seine Freunde in Euros beziffern. Also blieb es dabei.

Den größten materiellen Verlust bedeutete Crescentias Diadem, das trotz der von mir eingestanzten Löcher eine Kostbarkeit sondergleichen darstellte und obendrein unersetzlich beziehungsweise einzigartig war. Mir wurde ganz schlecht bei dem Gedanken, es meiner Mutter beichten zu müssen. Aber in Kürze war mit ihrem Erscheinen zu rechnen und ich hoffte, dass sie nicht sowieso heute unter einem dieser Tage mit schlechtem Karma zu leiden hatte. Falls gerade gutes Karma herrschte, würde ihr diese Nachricht ohnehin das Karma-Drama schlechthin verschaffen.

Dietlinde war bereits zeitig zu ihrem zweiten Vorstellungsgespräch bei KREATIV-KUNZE aufgebrochen und hatte sich zu diesem Zweck wieder in gestrickte Gewänder gehüllt. Selbstverständlich war auch der Kopflappen erneut Bestandteil ihres außergewöhnlichen Ensembles. Sie hatte einen großen Bogen um mich gemacht, weil sie hoffte, dadurch das Risiko weiterer hexenartiger Anschläge minimieren zu können. Aber das Schicksal verfolgte seine eigene Strategie.

Sie war bereits seit zwei Stunden außer Haus, als es klingelte. Mit mulmigem Gefühl im Bauch öffnete ich die Haustür. Da stand meine Mutter, aufgetakelt wie immer, aber heute ungewöhnlich freundlich lächelnd. Offenbar herrschte gerade gutes Karma – noch!

„Guten Morgen, Charly. Ich werde nicht lange stören, möchte nur eben mein Diadem abholen. Du hast es bestimmt ganz wunderbar hergerichtet ..." Dieser Satz war zwar als Aussage formuliert, implizierte aber eigentlich eine Fragestellung. Sie traute mir zwar nichts zu, hoffte aber insgeheim, positiv überrascht zu werden.

„Hallo Mami. Du störst nicht, komm doch rein." Ich musste Zeit gewinnen und sie einlullen, um mit der verstörenden Nachricht bis zu Dietlindes Rückkehr warten zu können. Schlagartig fiel mir das zugeklebte Loch in der Terrassentür ein, das sofort zu unerwünschten Fragen führen musste. Crescentia durchschritt selbstbewußt den Flur und stand mitten im Wohnraum, noch bevor ich es hätte verhindern können. Dann drehte sie sich abrupt zu mir um, und ich erwartete die unausweichliche Frage nach den Geschehnissen der letzten Stunden. Aber sie lächelte noch immer und überreichte mir ein schmales Päckchen, das sie aus ihrer barocken schwarz-goldenen Handtasche zog zum „Dank für meine Mühe". Aus der Verpackung kam eine Flasche Eierlikör zum Vorschein, kein billiges Supermarktprodukt, sondern selbstgemacht von einem bekannten österreichischen

Erzeuger. Meine Mutter kannte meine Laster. Eierlikör gehörte zu den Top 3.

Ich war beeindruckt. Gleichzeitig keimte in mir ein schlechtes Gewissen. Meine Mutter verschenkte selten etwas, schon gar nicht an mich. Insofern zeugte diese Geste von einer Anerkennung, die ich als Kind und Heranwachsender so schmerzlich vermisst hatte. Ausgerechnet heute, an dem Tag, wo ich ihre Erwartung und ihr Vertrauen am wenigsten erfüllen konnte, kam sie mit einem Präsent an. Ich wusste nicht, was ich sagen sollte und ließ mich rückwärts auf einen Stuhl fallen. Mit der Eierlikörflasche in der Hand saß ich da, den Kopf gesenkt, die Schultern nach vorn gebeugt. Nicht mal einer der Bürzel-Buddies konnte mir jetzt helfen.

„Was ist denn?", fragte Crescentia, „bist du krank? Also ich meine nicht so wie immer, sondern ernsthaft?"

Mein Mund öffnete sich nur langsam: „Mami, es ist etwas Schlimmes passiert, nein, nicht mit mir … so allgemein."

„Hast du wieder etwas angestellt?" Ihre Gesichtszüge nahmen die Formen des wohlbekannten gestrengen Fräulein Rottenmeier an, die zu Kindertagen die Inkarnation einer Greuelgestalt für mich verkörpert hatte.

Die Situation wurde augenblicklich verschärft, als die Haustür aufklappte und Dietlinde mit Sack und Pack hereinrumpelte. Sie hatte wieder üppig eingekauft.

„Oh, hallo Crescentia. Hat Charly es dir schon erzählt?"

„Was bitte?"

Ich spürte, wie mein Blut in den Kopf stieg. Dietlinde fiel mal wieder sprichwörtlich mit der Tür ins Haus. Sie stellte ein Netz mit Obst auf den Küchentisch und blickte zu mir.

„Charly, es nützt nichts, sie muss es ja mal erfahren." Dann zu meiner Mutter gewandt: „Bei uns wurde gestern eingebrochen. Meine

Smaragdkette und dein Diadem sind weg. So, jetzt weißt du's!"
Dietlinde zog sich trotzig den Kopflappen vom Haupt.

Ich suchte nach einem Mauseloch.

Meine Mutter riss die Augen auf und sah mich ungläubig an.

„Carl-Johann! Was soll das bedeuten? Wenn das ein Scherz ist, kann ich nicht darüber lachen." Immer wenn es richtig ernst wurde, nannte sie mich bei meinem Geburtsnamen.

„Die Bürzel-Buddies wurden auch entführt, alle", hauchte ich kleinlaut.

„Hör auf rumzueiern, Carl-Johann. Heute Abend brauche ich den Schmuck. Kannst du mir mal erzählen, wie ich ohne Diadem auf dem Jubiläumsball unseres Theaters auftauchen soll? Keiner wird mich beachten, geschweige denn um ein Interview bitten", keifte meine Mutter mit sich überschlagender Stimme.

Mir kam eine Idee.

„Du könntest Dietlindes Kopflappen ausleihen. Damit stehst du garantiert im Rampenlicht." Dietlinde nickte ermunternd.

Plötzlich rollten sich Crescentias Pupillen nach oben. Der Kopf fiel hinten über und ihr Körper sackte in sich zusammen. Ich sprang auf, war aber aufgrund der Eierlikörflasche in meiner Hand nicht in der Lage, sie aufzufangen. Stattdessen bekam Dietlinde alles ab. Meine Mutter krachte rückwärts auf sie drauf und warf dabei dekorativ ihre Arme in die Luft. In Ohnmacht zu fallen hatte Crescentia vor Jahrzehnten als Ballett-Diva gelernt und seither unzählige Male geübt. Ihre Darbietung war von höchster Eleganz.

Als ihr rechter Arm wieder nach unten schwang, streiften ihre wohl gefeilten Fingernägel Dietlindes Gesicht, was jene zu einem gellenden Schrei veranlasste. Die touchierte Gesichtshälfte färbte sich umgehend rot mit Blut.

Dietlindes Konterfei, gleichsam zerfleischt … ups!

11. RETROSPEKTIVE

Alte Erinnerungen brechen sich Bahn.
Ein Vergleich zwischen damals und heute drängt sich auf,
der mich als Bürzel-Halter ordentlich durchwirbelt.
Aber in jedem Wirbelsturm befindet sich auch ein Auge der Ruhe.
Und das hat es in sich!

Das Wartezimmer in Dr. Vroiths Privatklinik war spärlich dekoriert und bot ausschließlich Sitzgelegenheiten, die an einen zerschnittenen Eiskanal erinnerten: glatt, kalt und reinweiß. Der Doc hatte vor einiger Zeit umfangreich renoviert und seinen „Laden" auf modern trimmen lassen, eine Maßnahme, die meines Erachtens ziemlich aus dem Ruder gelaufen war. Ein semi-populärer Innenarchitekt hatte das baufachliche Unvermögen des Klinikpersonals genutzt, um sich ein Denkmal zu setzen. Warum auch nicht? Der Typ musste die unterkühlte Atmosphäre ja nicht Tag für Tag aushalten. Nur die Gummizelle war unangetastet geblieben und gehörte inzwischen zu den gemütlichsten Räumen der ganzen Klinik. Sie war in den vergangenen Jahren immer seltener in Betrieb und entwickelte sich mehr und mehr zu einer wohnlichen Besenkammer mit Retro-Ambiente, wodurch sie ihrem alten Spitznamen „Krawall-Kabuff" eigentlich nicht mehr gerecht wurde.

Wie gesagt, fing es im Wartezimmer schon mit den Stühlen an, die nicht gerade zum Verweilen einluden. In meinem Alter hat man gelernt, die Gastlichkeit von Etablissements an der Qualität ihrer Bestuhlung, respektive deren Polsterung, zu bemessen. Ich finde das legitim, denn außer Sitzen mache ich ja hier nichts. Bequemlichkeit? Fehlanzeige. Optik? Grausam. Preis? Horror.

Ich warf meinen Schal auf die Sitzfläche und ließ mich darauf nieder. Die Beine lang ausgestreckt und die Hände hinter den Kopf verschränkt, starrte ich die weiße Wand gegenüber an. Bilder entstanden vor meinem geistigen Auge.

Jetzt war ich nach langer Zeit mal wieder in meinem alten Exil, erkannte es aber kaum wieder. Ganz offensichtlich hatten die Bürzel-Buddies noch woanders Einschneidendes in Gang gesetzt; der Doc ging jetzt völlig neuen Impulsen nach.

Auch meine Umstände hatten sich gewaltig gewandelt. Damals hatte meine Mutter mich hierher verfrachten lassen, weil sie meine Bürzel-Freundschaften für kranken Quatsch hielt. Heute hatte ich sie an gleicher Stelle abgeliefert, weil ich ihren Nervenzusammenbruch als therapiebedürftigen Lebensfrust einstufte. Wer hatte es besser getroffen? Ganz klar, ich.

Meine Gedanken schweiften zu Brunhilde und Bernadette, meinen ersten Mitbewohnerinnen. Es hatte sich viel verändert seit damals. Die Damen lehrten mich Empathie und Respekt vor kleinen Leuten. Dann kamen Piek und Pook hinzu, die beiden Enten der zweiten Generation. Durch sie zogen Kuscheleinheiten, aber auch Verantwortung in mein Leben ein. Der kesse Swifty half mir, in allem etwas Positives zu sehen und Neues auszuprobieren. Schließlich fand Nils zu uns, der mir zeigte, dass Selbstvertrauen und Mut keine Frage der Körpergröße sind. Die zarte Lilly gab meiner außergewöhnlichen Wohngemeinschaft Schöngeistiges und künstlerische Werte. Und schließlich beehrte mich Hope mit ihrem sanften Wesen, und sie bewies mir, wie wundersam Glück entsteht, wenn man sich traut, anderen zuzuhören und sich einzulassen.

Ich war reich an Freunden!

Pro Auge sammelte sich eine Träne an. Naja, in der Erinnerung ist immer alles viel schöner und einfacher, als es damals wirklich war. Wir hatten natürlich auch Herausforderungen und Rückschläge zu meistern, sind aber immer daran gewachsen. Dabei gab es viele Leute, die mir meine Erfüllung nicht abkauften und versuchten, uns auseinanderzubringen: Nachbarn, Bekannte und insbesondere meine Mutter, die schon immer meinte, nur ihre Vorstellungen seien die allein selig machenden. Dabei ist sie selbst daran verzweifelt. Dietlinde hatte wenigstens eine gewisse Toleranzspanne gezeigt und sich um Verständnis bemüht. Es tat mir leid, dass sie in den vergangenen Stunden so gegeißelt worden war und nun auch noch dachte, die Bürzels seien irgendwie darin verstrickt, äh, verhäkelt.

Eine der freundlichen schneeweiß gekleideten Helferinnen steckte den Kopf durch die Tür und sprach mich an: „Ihre Mutter ist wieder stabil. Herr Dr. Vroith kommt gleich zu Ihnen. Es dauert nur noch ein paar Minuten. Wie geht es Ihnen denn selbst? Sie waren ja auch schon mal bei uns zu Gast."

Der Doc hatte sogar sein Personal ausgewechselt; die Kerkermeisterinnen von damals waren fast alle verschwunden. Jetzt huschten hier nette junge Damen mit bunten Halstüchern umher, die auf diese Weise versuchten, sich gegen die keimfreie Atmosphäre der unterkühlten Modernität aufzubäumen. Ich fand das sehr sympathisch und lächelte die blonde Seelentrösterin an: „Danke, mir ging es wunderbar – bis gestern. Leider hat das Schicksal böse zugeschlagen. Bei mir wurde eingebrochen. Alle meine Freunde sind entführt worden!"

Die Seelentrösterin machte große Kulleraugen und wurde auf der Stelle aschfahl im Gesicht. Sie hatte quasi Wandfarbe angenommen, sodass nur noch das pink gemusterte Halstuch hervorstach. Leute mit starker Sehschwäche hätten gerade noch einen schwebenden Schal wahrgenommen.

„Oh, mein Gott. Sie Ärmster! Das Leben ist so ungerecht ... und jetzt auch noch die liebe Frau Mutter so verzagt. Möchten Sie einen Kaffee? – oder nehmen Sie doch ein Stück Obst aus der Schale dort." Zu einem Eierlikör hätte ich nicht nein gesagt, aber das Kaffeegebräu hatte ich heute schon literweise in mich hinein gekippt – wegen der *lieben Frau Mutter*.

„Nein, danke. Ich bin sowieso schon kurz vor dem braunen Herzkrebs. Aber der Doc kann mir bestimmt helfen."

Die Seelentrösterin guckte leicht irritiert, wusste nicht, was sie sagen sollte und trollte sich schließlich Richtung Rezeption. Von dort hörte ich sie mit ihrer Kollegin tuscheln.

Meine Gedanken schweiften zu meinen Bürzelfreunden. Wie es ihnen jetzt wohl ging? Ich befahl mir, keine Horrorszenarien zu entwickeln und bemühte mich, einen kühlen Kopf zu behalten. Wenigstens war uns Kalle noch geblieben, ein kluges umsichtiges Kerlchen, ganz wie sein Halter, der Doc. Ich grübelte darüber nach, ob es wohl möglich wäre, dass alle meine Bürzel-Buddies freiwillig das Weite gesucht hätten. Könnte es sein, dass sie so unglücklich bei mir gewesen waren? Nein, ich schüttelte den Kopf. Es war nicht ihre Art, einfach zu verschwinden, ohne vorher die Aussprache mit mir gesucht zu haben. Aber Kalle hatte noch eine andere Andeutung gemacht. Was hatte er wohl gemeint, als er von einem *Hinweis* gesprochen hatte? In dem furchterregenden Kindermärchen Hänsel und Gretel dienten Brotkrumen dazu, den Weg zu markieren. „Was würde ich als bewußten Hinweis einsetzen, wenn ich ein Bürzel-Buddy wäre?", murmelte ich vor mich hin, „man hat ja nicht mal eine Hosentasche."

Leider konnte auch keiner der Bürzels schreiben. Ich hatte versäumt, sie dahingehend auszubilden, waren doch so viele andere Aufgaben auf mich eingeprallt, seit sich das kleine Getier bei mir eingenistet hatte.

Mir fiel beim besten Willen nichts ein, was man als geheimnisvolles Zeichen hätte deuten können.

Ich verschränkte die Arme vor der Brust und ließ den Kopf sinken. Auf der fugenlosen Oberfläche des weiß glänzenden Lackbodens stach jeder Schmutzpartikel gnadenlos ins Auge, so auch der Stengel einer Mandarine unterhalb der Obstschale. Das erinnerte mich an etwas, was war es nur, hmm …

„Hallo Charly! Mensch, was ist bei dir denn los?" Der Doc kam auf mich zu, riss mich vom Stuhl hoch und boxte mir freundschaftlich auf die Brust. „Ach, ich weiß auch nicht", seufzte ich mit erbarmungswürdiger Miene.

„Schon gut. Deine Mutter ist hier bestens aufgehoben. Du hast mir ja so viel von ihr erzählt, da brauche ich nicht mal ein Anamnese-Gespräch zu führen. Sie bleibt erst mal ein paar Tage hier. Dann sehen wir weiter." Seine gutmütigen Augen wirkten tröstlich, seine Hand auf meiner Schulter vermittelte Ruhe und Vertrauen. „Hier braucht sie auch kein Diadem." Er grinste schelmisch.

„Wenn du meinst, Doc. Ich fahre dann mal nach Hause und sehe, wie es Dietlinde geht. Ich hatte sie auf dem Weg hierher bei ihrem Hautarzt abgesetzt. Naja, Crescentia hat ihr das Gesicht mit ihren scharfen Krallen ziemlich übel zugerichtet, als sie ihrer Ohnmacht frönte."

„Keine Sorge", entgegnete der Doc beschwichtigend, „Dietlinde ist eine robuste Frau. Sie wird schon nicht aussehen wie das Phantom der Oper. Etwas Kosmetik und das Selbstwertgefühl ist wiederhergestellt."

„Diesmal ist es nicht so einfach. Sie macht mir schwere Vorwürfe und wird mir das verkohlte Zitronenbäumchen noch lange vorhalten. Ist echt blöd gelaufen", seufzte ich.

„Kauf ihr doch einen Blumenstrauß oder so. Frauen lassen sich mit kleinen Aufmerksamkeiten durchaus besänftigen. Kopf hoch!"

Manchmal war seine Einstellung bewundernswert, aber diesmal konnte ich den Optimismus meines Freundes einfach nicht teilen. Am Tiefpunkt einer Depression ist alle Hoffnung verloren.

Dann wurde sein Gesichtsausdruck doch noch ernst: „Hast du inzwischen eine Idee, wo die Bürzel-Buddies sein könnten? Wir sollten da etwas unternehmen. Räuber Rotzenmotz und diese Hilfskraft Tüpfelhoser haben auf mich keinen fachkundigen Eindruck gemacht."

„Du sagst es. Die Torfköppe rühren keinen Finger. Sie weigerten sich sogar, eine Vermisstenanzeige aufzunehmen. Aber ich werde mich nicht abwimmeln lassen. Koste es, was es wolle; ich werde meine Bürzel-Freunde zurückholen!"

Der Doc nickte. „Kalle und ich werden dich nach Kräften unterstützen. Wir kommen morgen Abend bei dir vorbei. Dann beratschlagen wir in Ruhe, wie wir es angehen."

„Danke, Doc. Bis morgen dann … und grüß Kalle von mir."

Ich schlurfte mit hängenden Schultern aus der Klinik ins Freie. Das letzte Mal, als ich diese Räumlichkeiten verlassen hatte, tat ich es mit Elan und Lebensfreude. Heute glich mein Gang dem eines Delinquenten auf der Seufzerbrücke. Meine Gedanken kreisten um die Gedanken von vorhin im Wartezimmer.

Dann fielen mir die Obstschale und der Stengel wieder ein. Endlich erinnerte ich mich! Schlagartig hämmerte mein Puls, Adrenalin schoss durch meine Adern. Mein Oberkörper nahm Haltung an und die Gliedmaßen beschleunigten meinen Korpus.

Ich wusste jetzt, wo ich suchen musste. Hoffentlich war es noch nicht zu spät.

12. LASAGNE DROHT

Suchen will gelernt sein.
Wer seine grauen Zellen frühzeitig bemüht, kann Verheerendes
verhindern.
Es wird mal wieder verdammt knapp.

Ein schmuddeliger Jeep bretterte durch die Straßen der Stadt. Zuerst wurde fast ein armseliger Kerl mit roter Hose umgemäht, dann war eine Gruppe Jugendlicher dran, die kleckerweise über die Straße schlurfte, natürlich zehn Meter vor dem Zebrastreifen; aber selbiger hätte mich auch nicht zum Bremsen animieren können. Die verlotterte Bande fand zu erstaunlicher Beschleunigung, als ich mit meinem Gefährt heranpreschte. Ich schaltete zurück in den zweiten Gang, der Drehzahlmesser machte einen Sprung, der Motor dröhnte aggressiv durch die Häuserschlucht. Zwei der Teenager konnten mittels Hechtsprung gerade noch die andere Straßenseite erreichen, zwei andere machten einen Salto rückwärts und prallten auf die hinter ihnen schleichenden Kameraden, die wegen des Dauergebrauchs von Smartphone und Kopfhörern zu spät merkten, dass ein Guerillakrieg entbrannt war. Ein Mädchen in Leggings mit sogenanntem Animal-Print (Dietlinde kannte sich bei so etwas aus) ließ vor Schreck ihre Tasche fallen, als sie quiekend die Arme hochriss. Aber das Fahrwerk meines Offroaders war holprigen Untergrund gewöhnt. Ohne mit der Wimper zu zucken müllerte ich linksseitig drüber. Die kurz dahinter postierte Ampelanlage sprang gerade auf Dunkelgelb, unfähig zu erkennen, dass Einsatzfahrzeuge auf Bürzel-Buddy-Mission grundsätzlich Vorfahrt haben und sich nicht durch stumpfsinnigen Farbwechsel aufhalten lassen. Logischerweise scherte mich der nun folgende rote Lichtblitz herzlich wenig. Mein Nummernschild war sowieso völlig verdreckt von meiner letzten Stauumfahrung quer durch einen Bachlauf in der hessischen Walachei. Zugegeben, Beifahrer waren bei mir leidgeprüft. Man durfte nicht zimperlich sein, wenn ich am Steuer saß. Aber ansonsten hielt ich mich für einen friedfertigen Zeitgenossen. Leider wurde meine konziliante Seite nur selten abgerufen – im Straßenverkehr nie.

Während der Fahrt sortierte ich meine Logik neu. In der Nacht als der Einbruch passiert war und die Polizei daraufhin mein Loft auf links gedreht hatte, war ich kaum bei Sinnen gewesen. Mein Sturz auf der Terrasse, das Gejammer meiner Mitbewohnerin und die Sorge um meine Freunde hatten mich in eine Schockstarre versetzt. Obendrein versuchte ich standhaft, die Beleidigungen der Beamten an mir abprallen zu lassen. Sämtliche Erinnerungen an diese Nacht waren nebulös wie Fieberträume. Der Verdrängungsmechanismus meiner Psyche hatte bereits eingesetzt.

Aber eine Sache, ein winziges Detail hatte sich einen Weg zurück in mein Bewusstsein gebahnt, als ich den Stengel unter der Obstschale in Docs Wartezimmer wahrnahm. Hatte in jener Nacht nicht eine zermatschte Weintraube auf dem Küchenboden gelegen? Hatte Dietlinde sie nicht an einem Zahnstocher aufgespießt in den Müll befördert? Wie groß war die Wahrscheinlichkeit, dass es sich bei dem Zahnstocher um das Kampfsportgerät meines Freundes Nils gehandelt haben könnte, der mit Vorliebe alle herumliegenden Lebensmittel anpiekte? Falls dies der Fall wäre, könnte das einen Hinweis auf den Verbleib der Bürzel-Freunde geben. Demnach wäre es gut möglich, dass sie alle irgendwo in der Küche kauerten, direkt in der Nähe der Fundstelle des Zahnstochers. Schränke, Spülmaschine und Kühlschrank hatte ich zwischenzeitlich untersucht oder bereits benutzt. Der einzige Ort, wo ich noch nicht nach ihnen gefahndet hatte, war der Backofen!

Ich schaute auf die Uhr in meinem Jeep. Schon viertel vor zwölf. Gegen zwölf Uhr bereitete sich Dietlinde immer etwas zu essen zu. Frühaufsteher brauchen pünktlich ihre Hauptmahlzeit. Sie hatte seit Tagen die Zutaten für Lasagne herumliegen lassen und würde sicher heute den Backofen anwerfen. Ich bekam es mit der Angst zu tun. Die Knopfaugen und Kugelfüßchen meiner Bürzel-Freunde würden 200°-Backofentemperatur nicht standhalten können. Bestimmt hatte Dietlinde vor dem Einschalten nicht nachgesehen, was – oder wer – sich in der Röhre befand.

Nach zwanzig Minuten kam ich endlich vor unserem Haus an. Mit quietschenden Reifen bog ich um die Ecke und parkte meinen Jeep direkt im Vorgarten, den Dietlinde geplant hatte, im vergangenen Frühjahr zu bepflanzen. Gut, dass es noch nicht dazu gekommen war. Dann stürzte ich aus dem Wagen und sprintete zur Tür. In meiner Hast brachte ich den Schlüssel nicht sofort ins Schloß und verkratzte das Messingschild. Dann endlich sprang die Tür auf.

An der Küchenanrichte stand Dietlinde, und es war genauso, wie ich vermutet hatte. Vor sich die Kastenform, löffelte sie gerade Sauce auf die Nudelplatten. Sie hatte meine wilde Anreise bereits bemerkt und sah mich verständnislos an, auf der rechten Gesichtshälfte ein riesengroßes weißes Pflaster. Neben ihr schnurrte der Ofen. Die ansonsten so wohlige Beleuchtung der Garkammer wirkte heute wie Höllenfeuer auf mich.

„Charly, was …?" Weiter kam sie nicht.

„Mach den Backofen aus, SOFORT!", bölkte meine Stimme durch den Raum, und ich umkreiste hastig den Küchentisch. Doch meine Mitbewohnerin rührte sich nicht von der Stelle, glotzte nur fragend. Ich warf mich auf die Knie und rutschte den letzten Meter bis zum

Backofen auf dem Boden voran. Mein ausgestreckter Arm erwischte endlich den Temperaturregler. Dann riss ich die Klappe auf und äugte panisch hinein. Eine Welle von Hitze schlug mir entgegen. Drinnen stand unser Bräter, den Dietlinde üblicherweise für Gänsekeule oder Schweinebraten verwendete, und machte einen verdächtigen Eindruck. Ohne mich um die Temperatur zu kümmern, zog ich das Monstrum mit bloßen Händen heraus und hievte es auf die Anrichte. Dietlinde, die Unordnung in der Küche hasste wie die Pest, merkte nun auch, dass etwas nicht stimmte. „Was macht der Bräter im Backofen? Der gehört doch in den Schrank dort."

Wir sahen uns besorgt an. Dann hob ich langsam mit zitternden Händen den Deckel ab.

Da waren sie! Meine Bürzel-Buddies. Eng beieinandergekauert hockten sie im Topf. Zwischen ihnen steckte ein abgerissener Zettel mit krakeligen Buchstaben.

ENTE À LA CARTE. BON APPÉTIT!

13. VERLORENE SEELEN

Die Erleichterung währt nur Minuten.
Nach den Sorgen folgt Ernüchterung. Was ist nur mit den Buddies los?

Ich war entsetzt! Diese unermessliche Grausamkeit verschlug mir die Sprache. Seit zwei Tagen hatten meine Bürzel-Freunde im Verlies bibbernd ihr Ende erwartet, das schließlich durch Dietlindes Lasagne-Gelüste und der damit verbundenen Ober-/Unterhitze eingeläutet schien. Vorsichtig tastete mein Zeigefinger über die Maschen einiger Köpfe, meine Augen unter der gerunzelten Stirn versuchten den Gesamtzustand der Buddies einzuschätzen. Ihre hübschen Knopfaugen schienen zu glänzen, aber das war immer so gewesen. Ich traute mich kaum, sie zu berühren, aus Angst, der Kunststoff könnte an meiner Fingerspitze kleben bleiben und trübe Spuren hinterlassen. Ich versuchte in ihren Gesichtern zu lesen. Wie ging es ihnen? Waren sie noch dieselben fröhlichen Geschöpfe, die mein Leben so bereichert hatten? Oder sah ich bittere Enttäuschung und Furcht in ihrem Blick?

„Gott sei Dank! Endlich hast du die Viecher wieder. Vielleicht taucht ja auch meine Smaragdkette wieder auf", unterbrach Dietlinde die angespannte Situation. Ich ignorierte ihren unpassenden Kommentar und zupfte vorsichtig an Piek, um sie aus der Enge zu befreien. Sie ließ sich widerstandslos aus dem Bräter lupfen. Ihre goldfarbenen Kugelfüßchen waren nicht am Boden festgeschmort; auch sonst wirkte sie unversehrt, wenn auch innerlich ziemlich aufgeheizt. Ich flüsterte ihren Namen und hätte gern noch so vieles zu ihr gesagt, aber ein Kloß in meinem Hals behinderte die Stimmbänder. Vorsichtig setzte ich sie auf den Tisch und nahm dann Pook aus dem Bräter.

Sein Blick war fremd und leer. Keinen Laut gab er von sich; die Stille des Clanmeisters beunruhigte mich. Danach befreite ich Lilly und Hope aus dem schrecklichen Behältnis – und jeden meiner Bürzel-Buddies, einer nach dem anderen. Keiner von ihnen sprach ein Wort zu mir. Nur Dietlinde fiel mal wieder durch herzloses Gemecker auf: „Kann ich jetzt endlich meine Lasagne in den Ofen schieben? Geh doch mal zur Seite und nimm die Wollhaufen hier weg."

Beleidigt zog ich mich zurück, besorgt und bedächtig jedes der kleinen Tierchen auf dem Tisch arrangierend. Minutenlanges Schweigen. Nach und nach untersuchte ich jeden meiner Freunde. Ich drehte sie ehrfürchtig hin und her, kitzelte ihre Bürzelschwänzchen, kraulte ihre Phantomschnäbel und sah ihnen tief in die Knopfaugen. Sogar jedes Kugelfüßchen wurde ausgiebig auf Verletzungen oder Schmutz untersucht. Brunhildes Körper fühlte sich besonders warm an; sie hatte ganz hinten im Bräter gesessen, dort wo der Backofen üblicherweise am heißesten ist. Normalerweise hätte ein Schwall von Gezeter und Beschwerden auf mich hernieder prasseln müssen – Brunhilde nahm sonst nie ein Blatt vor den Mund und giftete gern ungebremst drauf los – aber nichts dergleichen passierte. Die resolute Dame schien mich nicht mehr zu kennen.

Langsam beschlich mich ein mulmiges Gefühl. Irgendetwas stimmte hier nicht. Hatten sich die Bürzels gegen mich verschworen und wollten mich für irgendetwas bestrafen? Schließlich hatte ich ihnen vor langer Zeit mal den Besuch einer Aufführung von Schwanensee versprochen – und dieses Versprechen nie gehalten. Oder waren sie in Schockstarre aufgrund der langen Inhaftierung in dem engen Backofen? Oder schlimmer: Hatten ihnen die Einbrecher, diese entenverachtenden Psychopathen, eine Gehirnwäsche verpasst, damit sie mich zukünftig ignorierten? Vielleicht waren sie zu Schläfern einer Terrorzelle umgepolt worden. Nicht auszuschließen war auch eine neurotische Störung meinerseits, die zu Gefühlskälte und Abgebrühtheit geführt haben könnte, was ich aber lieber nicht näher beleuchten wollte und gleich wieder verwarf.

Meine Überlegungen wurden jäh unterbrochen als Dietlinde mir einen Teller Lasagne unter die Nase schob. „Du musst den Polizisten Bescheid geben, dass die Buddies nicht gestohlen, sondern nur versteckt waren!" Mampfend schwenkte sie ihre Gabel und deutete auf mich wie mit einer Lanze. „Es ist wichtig für die Fahndung, zu wissen, dass sie nach richtigen Schmuckdieben suchen müssen und nicht bloß nach irgendwelchen durchgeknallten Freaks, die mit Kuscheltieren spielen – so wie du."

Ich sah sie finster an, konnte ihr aber nicht widersprechen. Unbewusst hatte sie einen wunden Punkt erwischt, denn ich begann mich zu hinterfragen. Meine Bürzel-Buddies saßen vor mir – und ich war nicht mehr in der Lage, mit ihnen Kontakt aufzunehmen. Die lange Trennung hatte uns hoffentlich nicht entfremdet und wir würden bald wieder Nähe und Vertrauen zueinander aufbauen können.

14. IM ABSEITS

Wenn der beste Freund sich sorgt, zweifelt und warnt,
bahnt sich Unheilvolles an.
Wen wird es diesmal treffen?
Der Reigen der schicksalhaften Ereignisse
scheint immer noch nicht gebannt.

Der Doc hatte zwischen zwei Patientengesprächen eine Stunde freie Zeit, die er üblicherweise mit der Vorbereitung auf neue Krankenfälle verbrachte. Heute gelang es ihm nicht, die Aufmerksamkeit auf seine Akten zu lenken. Unruhig patrouillierte er durch sein weißes Büro und strich sich grüblerisch durch den silbernen Kinnbart, bis sein Blick an dem Gruppenfoto der Bürzel-Bande kleben blieb, das unübersehbar über der Patientencouch thronte und den einzigen Farbtupfer in dem sonst so kühlen Raum bildete. Das Bild zeigte die einundzwanzig Wollfreunde in Über-Lebensgröße. Es hatte daher eher das Format einer Raumtapete denn eines Portraits. Sein Freund Charly hatte es dem Doc zur Neueröffnung seiner Praxisräume geschenkt, was bei dem gesamten Klinik-Team zunächst für Skepsis sorgte, dann aber doch zunehmend Anklang fand. Die Fotoaufnahme hatte er durch einen Tierfotografen anfertigen lassen, der sich jedoch nur unter der Bedingung totaler Anonymität zu diesem Job hatte überreden lassen, was auch bedeutete, dass die Entlohnung in nicht nummerierten kleinen Scheinen erfolgen musste, also ohne Rechnung.

Statt der üblichen fotokünstlerischen Signatur findet man heute Dietlindes Unterschrift auf dem rechten unteren Bildrand, die ich heimlich und sehr gekonnt dorthin kopiert hatte. Dietlinde hatte es bis heute nicht bemerkt, wunderte sich allerdings etwas über ihren enormen Bekanntheitsgrad bei allen Personen, die jemals beim Doc auf der Couch gelegen hatten. Auf diese Weise hatte sie es immerhin in Kreisen der Geisteskranken zu zweifelhafter Berühmtheit gebracht, was ihr einerseits schmeichelte, andererseits zunehmend suspekt vorkam. Charly war wirklich ein ausgekochtes Schlitzohr, leider aber kein Glückspilz, dachte der Psycho-Profi bei sich.

Der Doc grübelte weiter. Aus der Magengegend stieg zunehmende Unruhe auf. Er sorgte sich um seinen besten Freund, hatte aber keine Ahnung, was genau hätte passieren können, geschweige denn, was er hätte tun sollen, um es zu verhindern. Ein bisschen Trauer um die verloren geglaubten Strickstrolche schwang ebenso mit. Der vermeintliche Wachtmeister Tüpfelhoser hatte sich auch seit Tagen nicht gemeldet und schien erwartungsgemäß überfordert zu sein, zumal er durch den fantasielosen Kommissar Rotzenmotz nebst Streifenpolizeimeister Müller verstärkt wurde, was dem Fall totale Aussichtslosigkeit bescherte. Der Doc seufzte. Er war doch nur ein sanftmütiger Psychotherapeut – was konnte er schon gegen Kriminelle tun? Dem Impuls, nach der Gin-Flasche hinter seiner Couch zu greifen, widerstand er zwar, verlor aber auf andere Weise die Beherrschung. Seine Faust prasselte so unvermittelt auf den geordneten Schreibtisch, dass der Stifteköcher in die Luft hopste und sein Inhalt geräuschvoll über den Fußboden kullerte. Im selben Augenblick sprang das Telefon aus der Ladeschale und begann zu klingeln, noch während es Richtung Boden segelte, wo es schließlich krachend auf dem Parkett aufschlug. Kalle, der sich meist auf dem Schreibtisch aufhielt, weil er von hier einen schönen Blick auf das Gruppenportrait hatte und gleichzeitig vor den Grapsch-Händen der Patienten ausreichend Sicherheitsabstand wahren konnte, riss vor Schreck die Knopfaugen auf. Emotionale Ausbrüche kannte er vom Doc eigentlich nicht.

Kaum verwunderlich, dass wenige Sekunden später die Belegschaft des Vorzimmers in den Raum stürmte und aufgeregt schnatternd seine Stirn abtastete, während die Azubine, ein verhuschter Neuling im Team, auf dem Boden robbte, um die Schreibutensilien einzusammeln. Die Neue erschien dem Doc irgendwie rätselhaft, so unscheinbar, dass man sich zwingen musste, sie zu bemerken. Heimlich hatte er ihr den Spitznamen „das kleine Gespenst" gegeben – so blass und schmächtig wie sie war – obwohl sie doch in Wahrheit Rebecca hieß und kaum in der Lage war, irgendjemanden in Angst zu versetzen. Aber heranschleichen, das konnte sie!

Nachdem es dem Doc endlich gelungen war, sich aus den umsorgenden Klammergriffen seiner Assistentinnen zu befreien, konnte man ja auch mal ans Telefon gehen. Binnen Sekunden hellte sich seine verkniffene Mine auf. Sein Freund Charly war dran und berichtete überglücklich von der Heimkehr der Bürzel-Buddies, genauer gesagt, von deren Auffinden.

Natürlich wurde alsbald gerätselt, wer die verabscheuenswürdige Tat begangen und die geschmacklose Notiz hinterlassen haben könnte. Die Vorzimmer-Belegschaft trollte sich zwischenzeitlich wieder, instinktiv spürend, dass dieses Gespräch nicht für ihre Ohren bestimmt war und ohnehin auf einer intellektuellen Ebene angesiedelt war, von der so manche Angestellte lieber nichts wissen wollten.

„Kalle lässt Grüße ausrichten", plapperte der Doc gelöst. „Wir müssen die Fieslinge dingfest machen. Er rät dir, ein beherztes Gespräch mit Pook und Swifty zu führen, denn die beiden sind unzweifelhaft unsere schlausten Wollfreunde und könnten hilfreiche Zeugen in dem Entführungsfall sein. Frag sie doch mal … Charly? … Hallo? … Was ist denn, bist du noch dran? Charly …"

Schweigen am anderen Ende der Leitung. Dann eine brüchige Stimme.

„Swifty ist nicht da!"

„Was soll das heißen … ist nicht da? Wo denn dann? Charly mach keine Witze!", der Doc wurde ernst. Herrje, was für ein bipolarer Härtefall sein Freund Charly doch war. Ständig gab es irgendein Auf und Ab in seiner psychischen Verfassung – da kam man ja kaum noch hinterher mit angemessenem Feingefühl. Zugegebenermaßen ereilten ihn aber auch die dämlichsten Schicksalsschläge, gespickt mit individuellen Schusseligkeiten und … Dietlinde!

Sie konnte kochen, aber bei wünschenswerter Unterstützung in Bürzel-Buddy-Fragen war Fehlanzeige, meistens hagelte es Vorwürfe und Geläster; noch weniger war von Mutter Crescentia zu erwarten, die er, der Doc, jetzt immerhin mal für ein paar Tage zu sich geholt hatte, damit sie keine Demütigungen gegenüber ihrem ältesten Sohn absondern konnte. Dabei war sie selber eine geplagte Seele, die Verständnis suchte. Was für eine nervenzehrende Konstellation! Vielleicht sollte er es mal mit einer Familienaufstellung probieren. Während der Doc im Hinterhirn ein paar Therapieansätze auf Tauglichkeit durchkämmte und auch krass-experimentelle Methodiken in Erwägung zog, führte das Vorderhirn die Konversation fort:

„Wenn Swifty nicht in dem Bräter war, muss die Bande ihn mitgenommen haben. Wie kommt es, dass du es nicht gleich bemerkt hast? Was willst du jetzt machen?"

„Mir reicht's. Ich gehe zur Polizei und bestehe darauf, alle Ermittlungsergebnisse zu bekommen. Wenn diese Torfköppe nicht kooperieren, kidnappe ich den Polizeihund. Dann werden die schon sehen, wie es ist, wenn man seine treusten Freunde an den Feind verliert."

„Meinst du nicht, dass du etwas übertreibst? Schließlich sitzen die am längeren Hebel. Stell dir vor, sie nehmen dich fest. Was wird dann aus Swifty?"

„Ach Doc, sei nicht so negativ. Ich schaffe das schon. Ich werde Swifty zurückholen – komme, was wolle!"

„Wenn du meinst … aber sei bitte vorsichtig!" Der Doc legte auf und fand es nun doch angemessen, die Gin-Flasche zu bemühen. Vom Schreibtisch ertönte ein vorwurfsvoll kwäkender Seufzer. Kalle hatte es auch nicht gerade leicht mit seinem Menschen.

15. DER GROSSE BLUFF

Ein Besuch auf dem Kommissariat entwickelt sich zur Farce.
Mit Dreistigkeit, Raffinesse und Tücke
wird den Beamten zu Leibe gerückt – ein gewieftes Manöver.
Doch einer durchkreuzt den Plan.

Wachtmeister Tüpfelhoser biss beherzt in ein fettiges Gebäckstück, als seine Bürotür aufschwang und ich unaufgefordert eintrat, natürlich hatte ich *nicht* vergessen, vorher anzuklopfen. Der mampfende Superheld hatte es einfach nur ignoriert. Er grunzte, als er mich sah, dann glitt ein primitives Grinsen über sein Gesicht, das seine fettglänzende Mundpartie ganz breit werden ließ.

„Sieh einer an, der Messerwerfer! Haben Sie den bösartigen Marder endlich zur Strecke gebracht – oder inzwischen ein anderes Monster auf dem Kieker?"

Ich beschloss, seinen dummen Kommentar zu übergehen und mich nicht auf eine unsachliche Diskussion auf Behördenniveau einzulassen. Ich atmete zweimal tief durch, um die aufsteigende Welle der Antipathie zu unterdrücken.

In meiner linken Jackentasche rumorte es, denn Nils hatte sich reingeschmuggelt, als ich Richtung Kommissariat aufbrach.

„Hau ihm einfach eine rein!", mein kleiner Bürzel-Buddy war zornig und zutiefst in Sorge wegen seines besten Freundes Swifty.

„Tach, Herr Wachtmeister. Wo ist denn ihr geschätzter Kollege? Ich hatte eigentlich gehofft, Sie beide gemeinsam anzutreffen, was ja beim letzten Mal eine fruchtvolle Zusammenarbeit verheißen ließ. Gute Teams sind selten." Ich verfolgte eine andere Strategie als Nils.

„Hör auf zu labern und mach ihm Druck!" Nils fing sich einen Knuff mit meinem Ellenbogen ein.

„Es ist schön, Sie mal in Ihrer Wirkungsstätte zu erleben. Man spürt direkt, mit welcher Manpower hier gearbeitet wird."

Es war nicht zu sagen, wer hier mehr triefte, Tüpfelhoser mit seinem Fettgebäck oder ich mit meiner Schleimspur.

Mein Gegenüber war regelrecht perplex und vergaß einen Moment zu kauen.

„Äh, ja? Ja! ... Winnie, komm mal rüber!", bellte er in Richtung der offenen Verbindungstür zum Nachbarbüro. Tatsächlich erschien Rotzenmotz im Türrahmen. Obwohl diesmal ohne Verkleidung, war er sofort wieder zu erkennen. Die rote Knollennase, zuvor ein Attribut seiner Kostümierung, war ebenso ein reales Körperteil. Desgleichen der zottelige Vollbart. Er sah in Wirklichkeit noch ungepflegter aus als damals, was vielleicht für Polizisten ein Qualitätsmerkmal darstellt. Wenn man sich innerlich und äußerlich mit kriminellen Subjekten identifizieren kann, wirkt sich das möglicherweise positiv auf die Aufklärungsquote aus.

Winnie Rotzenmotz tat überrascht: „Ach, mit Ihnen haben wir ja gar nicht gerechnet – nehmen Sie doch Platz. Was gibt es Neues? Wieder ein Kuscheltier als vermisst gemeldet?"

„Schnauze, du Sackgesicht! Ich bin kein Kuscheltier." Nils konnte sich kaum noch beherrschen.

Ich ignorierte ihn und flötete gutgelaunt daher: „Gut, dass Sie fragen. Nein, im Gegenteil. Ich kann ihnen erleichtert mitteilen, dass meine Wollfreunde wieder aufgetaucht sind. Die Bösewichte hatten sie im Backofen versteckt und diesen Zettel hinzugelegt. Vielleicht sind Fingerabdrücke drauf, die bei der Fahndung weiterhelfen, oder nehmen Sie doch die Schriftprobe in Ihre Verbrecherkartei auf." Ich drückte Rotzenmotz den Zettel in die Hand, besorgt, dass Tüpfelhoser die hilfreichen Spuren mit seinen Fettfingern vernichten könnte. „Ähäm … inwieweit gibt es denn inzwischen Erkenntnisse zu den Tätern?", ergänzte ich quasi beiläufig.

„Der Fall hat nicht viel Aussicht auf Erfolg", versuchte Rotzenmotz abzuwiegeln. „Da stecken gut vernetzte Banden dahinter. Wir tun, was wir können, aber das Diebesgut ist üblicherweise innerhalb weniger Stunden im Ausland. Es hilft nicht, die kleinen Fische zu angeln, denn an die großen Hintermänner kommen wir nicht ran. Machen Sie sich besser keine Hoffnungen. Außerdem haben Sie ja ihre Tiere zurück. Damit können Sie zufrieden sein." Wie zu erwarten war, tendierte die Arbeitsmoral dieser Polizeitruppe gegen Null, gleichzeitig konnte man Steuergelder sparen. Wozu also Forensik und Logik bemühen?

Tüpfelhoser war inzwischen mit seinem Leckerli fertig und knisterte mit der Papiertüte. Mit dem Handrücken wischte er sich den Mund ab, so wie man es von Höhlenmenschen und Proleten erwartet.

Ich ließ nicht locker: „Soso, was für eine Bande haben Sie denn da im Auge?", wollte ich wissen.

„Mmmh, bestimmt die Klunkerkids …", Tüpfelhoser winkte ab. „Sitzen in Chicago. Aber wegen der aktuell miesen Beziehungen zu den Amis ist da keine Unterstützung zu erwarten. Haben genug mit sich selber zu tun, diese Geheimdienste. Lassen Kinderbanden unbehelligt auf Raubzügen durch Europa touren und unternehmen nix. Ist ja nicht deren Schaden. Und wir dürfen drüben nicht aktiv werden."

Wieder rumpelte Nils in meiner Jackentasche: „Kommt dem Schisser ja gerade recht so. Los, wir kidnappen jetzt den Polizeihund!"

„Ohje, Sie haben auch noch mit diplomatischen Verstrickungen zu kämpfen. Was kann man denn da machen?", ergänzte ich ehrfürchtig. Nils biss mir in die Taille.

„Mehr werden wir nicht sagen. Gehen Sie lieber mal wieder nach Hause und passen auf Ihre Stofftiere auf. Wir melden uns, wenn es Neuigkeiten gibt." Rotzenmotz drehte sich um und schlurfte zurück in sein Büro. Tüpfelhoser zuckte die Achseln und blickte dann an mir vorbei auf den Flur. Dort kam gerade der Müller-Bulle vorbei. Er stutzte, als er mich erkannte; schließlich brach er in offenes Gelächter aus. Dann ging er zügig weiter. Ich glotzte Tüpfelhoser verständnislos an.

„Ach, der Kollege hat gestern Ihre Überwachungsvideos geprüft. War wohl teilweise obszönes Zeug drauf. Naja, nehmen Sie es nicht persönlich. Jeder hat so seine Ticks. Ansonsten konnte man keine weiteren Gestalten identifizieren."

Ich presste die Zähne zusammen und ging grußlos hinaus. Manchmal muss man einiges einstecken, um zum Ziel zu kommen, das wusste ich und war darin leidgeprüft. Natürlich schämte ich mich wegen des Videos, konnte diesbezüglich aber nichts mehr ändern; andererseits lag darin jetzt auch meine Chance, darum nutzte ich die Gunst der Stunde und folgte dem Müller-Bullen in sein Büro am Ende des Flurs. Nils war offenbar froh, dass es endlich rausging und gab Ruhe.

„Entschuldigung, Herr Müller. Sie haben gerade so freundlich gelächelt, dass ich hoffte, Sie können mir weiterhelfen."

„Hähähä, ja sicher, kommen Sie ruhig herein. Einem begnadeten Luftgitarrenspieler helfe ich doch gern, wenn ich kann, hähäh " Er konnte sich immer noch nicht beruhigen, was mir gerade recht war, denn er fühlte sich mir überlegen und war deshalb geneigt, mich zu unterschätzen.

„Ihr Kollege deutete an, Sie seien hier der Spezialist für die Klunkerkids aus Chicago und hätten gewisse Fahndungserfolge beim

Diebesgut vorzuweisen." Der Müller-Bulle hörte auf zu kichern und wuchs um einen cm. „Na, wenn der Chef das sagt …".

„Ja. Er meint, ich dürfe ja keine Details erfahren – wegen Geheimhaltung und so – aber es sei unproblematisch, mir ein, zwei Erfolge zu verkünden. Sehen Sie, meine Mitbewohnerin Dietlinde ist so dermaßen unglücklich über den Verlust ihrer kleinen Kette und hat so große Hoffnungen gerade in Sie, Herr Müller, gesetzt." Ich mimte totale Verzweiflung und stand da wie ein armer Tropf.

„Naja, man tut, was man kann …", stammelte er sichtlich irritiert.

„Eben! Offenbar winkt Ihnen sogar eine Beförderung? Na, da werden die Kollegen aber neidisch sein. Sogar den regelmäßigen Treffpunkt der Klunkerkids im Chicago-Cottage-Club haben Sie rausgekriegt. Tolle Polizeiarbeit!" Ich lullte ihn ein wie bei Bollywood.

„Was, Chicago-Dings-Club? Nee! Das Treffen findet statt bei einem Autoscooter im Freizeitpark. Diese Nacht-Clubs sind doch nur Tarnung. Die Kollegen haben's wohl wieder verwechselt. Tja, wenn die mich nicht hätten. Eine Beförderung ist ja wohl angebracht."

Nils kraxelte von innen an den Saum der Jackentasche und flüsterte: „Wie blöd ist der denn?" Ich stopfte ihn wieder zurück.

Der Müller-Bulle war auf meiner Schleimspur quer durchs Kommissariat gerutscht. Ich war hochzufrieden, verabschiedete mich artig und fühlte eine gewisse Erleichterung, dass der Polizeihund verschont bleiben konnte.

Auf meinem Weg durch den langen Flur, den schon so viele Delinquenten gegangen waren, trottete ich am schwarzen Brett vorbei: *Praktikantin fürs Akten-Schreddern gesucht* stand dort auf einem Aushang. Welche arme Socke meldet sich denn auf so eine Anzeige? „Es gibt wohl doch noch Menschen, die massiv schlechter dran sind als ich", murmelte ich vor mich hin.

16. MISSION IMPOSSIBLE?

Verzweiflungstat oder heilige Mission?
Der Unterschied liegt nur in der erklärten Absicht.
Beides braucht verwegene Pioniere. Möge Gott ihrer Seele gnädig sein.

Die Bürzel-Buddies hatten begonnen, sich wieder zuhause einzurichten und gingen ihren üblichen Beschäftigungen nach, die zumeist in der Piraterie diverser Haushaltsgegenstände bestand. Neu war allerdings, dass man jetzt dauerhaft einen Wächter abkommandiert hatte; jeder Buddy war reihum für Wachtdienst eingeteilt und während seiner Schicht zu strengen Patrouillen verdonnert worden. Pook, der Clanmeister, hatte einen Sicherheitslevel eingeführt und Notfallmaßnahmen definiert. So richtig funktionierte seine Strategie aber nicht, da einige Bürzel-Freunde nicht engagiert bei der Sache waren und lieber eigenen Interessen frönten, anstatt sich uneingeschränkt der gemeinschaftlichen Aufgabe zu widmen. Bernadettes Sicherheitsrundgang endete regelmäßig schon nach wenigen Minuten in einem Plausch mit einer der anderen Bürzeldamen oder wurde abgekürzt, um sich vor dem Spiegel die Brillantkette zu ordnen. Hope trödelte so lange vor dem Fenster herum, bis die ganze Zeitplanung durcheinandergeriet und Piek sah überhaupt nicht ein, irgendeine feste Route abzulaufen, da sie grundsätzlich nie tat, was man ihr sagte und sowieso der Meinung war, das sei kontraproduktiv, schließlich würden dadurch Überfälle durch Verbrecher viel besser planbar. Zu allem Überfluss wetterte Nils permanent gegen alles, was nicht unmittelbar der Suche nach Swifty diente und verbreitete Panikstimmung.

Schließlich war Pook so übel gelaunt, dass er sogar die streunenden Katzen ankwäkte, sie sollten sich gefälligst eine sinnvolle Beschäftigung suchen.

Die Situation drohte zu eskalieren. Es musste etwas geschehen.

Immerhin hatten wir unsere Kommunikation wiedergefunden – nachdem ich mit äußerster Zerknirschung und wortreichen Entschuldigungen zu Kreuze gekrochen war – natürlich aus dem einen Grund, dass die edlen Bürzel-Buddies so lange im Ofen schmachten mussten. Schon deshalb war ich nun in der Pflicht, die Fahndung nach Swifty einzuleiten und mit Hochdruck durchzuführen.

Meine Mitbewohnerin Dietlinde war jetzt seltener zuhause, da ihr neuer Job im Langwarenladen begonnen hatte und sie durchaus feststellen musste, dass es neben den Anfragen der Kundinnen auch sehr viel Bürokram zu erledigen gab. Auf diese Weise war sie grundsätzlich vormittags und manchmal auch samstags unterwegs und bekam nicht mit, was sich derweil in unserer Wohnung abspielte, eine unabdingbare Voraussetzung für unser konspiratives Treffen, da Diskretion und Loyalität für sie Fremdworte zu sein schienen. Sie nahm meine Sorgen um das Wohlergehen der Bürzel-Buddies nämlich nicht ernst, ergo durfte sie sich nicht wundern, dass sie bei Meilensteinen der Weltgeschichte außen vor blieb. Das hatte sie nun davon.

Der Doc, Pook, Kalle und ich hatten eine Taskforce gegründet: „Operation Duck Tales" wurde gestartet. Unser Hauptziel war es, Swiftys Aufenthaltsort zu lokalisieren und den wackeren kleinen Bürzel-Buddy unbeschadet nach Hause zu holen. Als Nebenziel war geplant, den Dieben die Smaragdkette und das Diadem abzujagen, genauer gesagt, zurückzustehlen. Alle vier Mitstreiter saßen etwas ratlos um den Tisch herum – bis der Doc das Schweigen brach:

„Gibt es irgendetwas, das dich davon abhalten kann?"

Pook und Kalle drehten ihre wolligen Köpfe synchron von mir zum Doc und wieder zurück. Ich seufzte.

„Du weißt, dass wir keine Wahl haben. Es gibt keine andere Möglichkeit."

„Es gibt immer eine andere Möglichkeit. Du kannst es auch sein lassen."

Die beiden Bürzel-Buddies machten lange Hälse und verstanden nur Bahnhof.

Dann Pook in ungeduldigem Tonfall: „Kann uns mal jemand einweihen, worum es hier geht?"

Der Doc kratzte sich am Kinnbart: „Ich schätze, Charly plant, nach Chicago zu reisen."

Den Wollfreunden kippten fast die Knopfaugen aus den Maschen. Ich schwieg.

Kalle fand irgendwann die Sprache wieder: „E-e-echt j-jetzt?" Dass er stotterte, gab Auskunft über seinen aufgewühlten Gemütszustand.

Ich setzte ihn auf meine Handfläche und strich sanft durch seinen buschigen Gesichtskranz, während ich entschuldigend in das ernste Gesicht vom Doc blickte. Dieser schüttelte warnend den Kopf, ohne mich dabei anzusehen. Ich wusste um seine Besorgnis, denn andersherum wäre es mir genauso gegangen, und es tat mir leid, dass ich ihm Kummer bereiten würde. Aber meine Liebe zu den kleinen Tierchen und das schlechte Gewissen, nicht ausreichend auf sie Acht gegeben zu haben, wogen schwerer.

Er würde mich begleiten, verkündete plötzlich Pook in die Stille hinein. Bürzelgenetische Unterstützung sei immer von Wert. Außerdem wäre es seine Aufgabe als Clanmeister, dafür zu sorgen, dass es jedem Familienmitglied gut gehe. Die anderen würden ihm mehr vertrauen als mir, was durchaus berechtigt sei angesichts meiner fragwürdigen Eskapaden. Es müsse schließlich jemand den Überblick behalten und er sei durchaus abkömmlich.

Das war mal wieder eine Unverschämtheit von dem verstrickten Großkotz, aber ich sah es ihm nach, schließlich fühlte er sich offenbar genauso schuldig wie ich.

„Ihr seid doch beide völlig übergeschnappt. Bin gespannt, was für eine irrwitzige Geschichte du Dietlinde erzählen willst, wohin du so lange abtauchst. Aber wundere dich nicht, wenn sie dich wieder durch den psychiatrischen Notdienst abholen lässt." Der Doc zog wirklich alle Register, um mich umzustimmen; bemühte sogar alte Kamellen meiner ruhmlosen Vergangenheit, aber er hatte keine Chance. Mein Entschluss stand fest.

Nach ein bis zwei Gläsern Gin war der Doc langsam empfänglich für die Mission und arbeitete an dem Plan mit. Vorgesehen war, die Reisevorbereitungen alsbald zu starten, um keine Zeit zu verlieren und Swifty nicht länger als nötig in Gefangenschaft ausharren zu lassen.

Der Vorschlag vom Doc, das kleine Gespenst Rebecca als Schredder-Praktikantin und Spitzel im Polizeirevier einzuschleusen, um mehr Hintergrundinformationen zu sammeln, fand allgemein großen Anklang und sollte akribisch vorbereitet werden. Ein mehrstündiger Lehrgang über die Tücken des Reißwolfs mit adäquater Abfallentsorgung war ebenso Bestandteil des Programms wie eine intensive Unterweisung über Ausfrage-Rhetorik und Datenklau. Letzteres würde mein Unterrichtsprogramm bilden.

„Was machen wir, wenn das kleine Gespenst sich weigert oder überläuft?", fragte ich und arbeitete schon wieder am Plan B. „Jungen Mädchen ist nicht zu trauen."

„Alten Weibern noch viel weniger!", grunzte der Doc und wollte gerade einen Schwank aus seinem verflossenen Eheleben zu Gehör bringen, als Pook ihn unterbrach:

„Könnten wir vielleicht bei der Sache bleiben? Etwas mehr Ernsthaftigkeit, wenn ich bitten darf!" Pook scharrte schon mit dem Kugelfüßchen.

„Ja, was passiert also, wenn die Kleine nicht mitmacht?", insistierte ich.

Kalle hüstelte: „K-Kein Pro-Problem, die funktioniert einwandfrei. Ist ha-heimlich in den Doc verknallt."

Der Doc bekam Gesichtskrämpfe und zuckte mit dem linken Augenlid. Pook, der gerade unruhig hin und her geschubbert war, stoppte abrupt. Ich glotzte entsetzt von Kalle zum Doc und wieder zurück. „Du könntest ihr Großvater sein, ist dir das klar?"

„So ein Unsinn. Kalle übertreibt. Und wenn schon, ich kann nichts dafür. Ich habe mich korrekt verhalten", versicherte er eilig.

„Rebecca würde alles für dich t-tun. Das sieht doch eine blinde T-Taube mit Krückstock. Ich übertreibe nicht – und außerdem weißt du das ga-ganz genau!" Kalle starrte den Doc strafend an. In Kreisen der Bürzel-Buddies mussten Tauben wohl ein ganz schlechtes Image haben, was ich mir überhaupt nicht erklären konnte und nicht teilte.

Pook sah sich gezwungen, wieder moderierend einzugreifen und meinte nur, damit sei der Punkt ja jetzt geklärt und man könne weiter voranschreiten.

Das konspirative Treffen wurde noch eine Weile fortgesetzt, wobei man hauptsächlich über die Vorbereitung des kleinen Gespenstes zur Super-Praktikantin fachsimpelte. Aber auch meine Reisepläne wurden noch einmal erörtert.

Schließlich polterte es auf der Fensterbank. Lilly, unsere kleine Chansonette, war an der Reihe mit Wacheschieben und forderte Brunhilde auf, den Platz am Fenster zu räumen. Diese war jedoch nicht bereit, ihre wichtige Stellung während der geheimen Sitzung aufzugeben und versuchte, die körperlich unterlegene Lilly wegzudrängen, indem sie ihr eine herumstehende Blumenvase entgegenschob. Die zierliche Lilly beschwerte sich verständlicherweise lauthals über ihre unkollegiale Artgenossin, was Brunhilde unverblümt mit Beleidigungen quittierte. Man könnte sich dieses französische Krächzen nicht mehr anhören, ihre Gesangseinlagen seine nerviger als Fußpilz. Lilly verstummte schließlich und zog sich schmollend hinter die Vase zurück, ihre ganze Körpersprache signalisierte tiefe Enttäuschung und Traurigkeit. Kalle, der das Drama bisher regungslos verfolgt hatte, konnte die Schmach seiner lieb gewonnenen Freundin nicht mehr ertragen, forderte Pook auf, ein Machtwort zu sprechen und krabbelte an den Tischrand, um von dort seiner Lilly ein paar aufmunternde Worte zuzurufen. Pook beorderte Brunhilde in den Besenschrank, woraufhin beide erst mal entschwanden.

Der Doc kippte derweil noch einen Schluck Gin runter.

Einigermaßen zufrieden mit dem Gesamtergebnis erklärte ich unser Treffen zunächst für beendet, denn unsere Taskforce war jetzt unvollständig und Dietlinde würde jeden Moment aufkreuzen. Auf langwierige Erklärungen hatte ich jetzt wirklich keine Lust; die Querelen der Bürzels hatten mich ermüdet.

17. DAVID GEGEN GOLIATH

Bürzel-Buddies können dich in Bedrängnis bringen,
dann besinn dich auf deine Stärken!

Der Flug war gebucht, der Koffer gepackt und das kleine Gespenst im Kommissariat eingeschleust. Sie hatte sich wohl zunächst etwas geziert, konnte aber mithilfe einer winkenden Belobigung und fingierter Prüfungsnoten erfolgreich geködert werden. Offenbar schien ihr das Schreddern der alten Fallakten sogar Spaß zu machen, erfuhr sie doch dort aus erster Hand, wie tief die Abgründe der menschlichen Seele sein können. Es war zu erwarten, dass diese Form der Insider-Kenntnisse von besonderem Wert für ihre weitere berufliche Karriere in der Psychiatrie sein würde. Hier war der Grundstein für eine neue Art der Ausbildung, quasi transdisziplinär, gelegt worden.

Mithilfe der selbst gebackenen Eclairs ihrer Mutter hatte sie sich sogar die Gunst von Wachtmeister Tüpfelhoser erschlichen und durfte bereits in der zweiten Woche an Team-Meetings teilnehmen, weshalb man nun fast täglich mit verwertbaren Informationen über die Klunkerkids rechnen konnte.

Inzwischen bereitete ich Pook auf die Flugreise vor. Meine Erfahrung mit Reisen in Begleitung von Bürzel-Buddies war einschlägig, daher schärfte ich ihm Zurückhaltung und Gehorsam ein. Pook gehörte erwiesenermaßen nicht zur Gattung der Flugenten, somit war eventuell mit Höhenangst oder artfremden Anfällen zu rechnen. Eigentlich hätte ich mich gern mehr um meine eigenen Vorbereitungen gekümmert, anstatt die Befindlichkeiten und Kapriolen des kleinen Strolchs von vornherein zu unterbinden, aber so war es eben.

Eines Abends zu später Stunde tischte ich Dietlinde eine lügenreiche Story über eine angebliche Urlaubsreise in die USA auf, zu der mich meine Brüder eingeladen hätten. Sie wusste eigentlich nicht viel über die Zwillinge, nur, dass sie eine Anwaltskanzlei unterhielten und ziemlich viel in der Weltgeschichte herumreisten. Insofern war es naheliegend, dass ich sie mal im Ausland besuchen würde. Dietlinde war bereits müde, aber witterte dennoch, dass irgendetwas nicht stimmen konnte und sah mich von schräg unten durchdringend an. Letztlich beschloss sie wohl, die Geschichte zu schlucken und gab sich mit meinen stakkatoartigen Auskünften zufrieden. Wahrscheinlich war sie froh, mich mal für einige Zeit loszuwerden.

Somit konnte ich meine Reisevorbereitungen ungestört weiter fortsetzen.

Nachdem ich sichergestellt hatte, dass Häkeltiere nicht in monatelanger Quarantäne auf üble Krankheiten überprüft werden müssen, um danach in unzumutbaren Käfigen im Frachtraum transportiert zu werden, hatte ich uns zwei Sitzplätze in der Business-Class zu buchen versucht, was allerdings mit einigen Hürden verbunden war. Ohne gültigen Pass war Pook als Passagier nicht anerkannt. Für die Beantragung entsprechender Ausweispapiere blieb aber keine Zeit, darum zeichnete sich ab, dass er als blinder Passagier im Handgepäck mitreisen musste. Hoheit war darüber verständlicherweise *absolutely not amused* – und so nahm das Drama seinen Lauf.

Es ging schon bei der Sicherheitskontrolle los. Wir standen am Flughafen in einem unübersichtlichen Menschenpulk, der sich langsam näher an die Sicherheitsschleusen schob. Schließlich musste ich entscheiden, welches Portal ich wählte. Pook bestand darauf, unbedingt aufrecht sitzend durch den Scanner gefahren zu werden, und zwar in einem eigenen Kasten. Er wollte auf dem Bildschirm eine gute Figur abgeben und dachte gar nicht daran, sich an meinen Rucksack anzulehnen.

Üblicherweise werden diese grauen Plastik-Schlitten vom Sicherheitspersonal schwungvoll Richtung Förderband geschubst, aber ich hoffte, mit Charme und seriösem Auftreten unsere Kisten selbst navigieren zu dürfen, damit Pook nicht den Halt verlor und seine majestätische Sitzposition beibehalten konnte. Der junge adrett gekleidete Security-Mitarbeiter am Band 4 machte einen sympathischen Eindruck, sodass ich mich für seine Warteschlange entschied. Dann, kurz bevor wir an der Reihe waren, marschierte von hinten eine Walküre heran. Es war die weibliche Version des Kolossos von Rhodos, nur, dass sie kaum Weibliches an sich hatte, dafür aber die Aura eines Stasi-Kommandanten besaß. Sie tippte dem adretten Jüngling auf die Schulter, und er verzog sich umgehend. Ihre versteinerte Miene hatte mich sofort im Griff: Sie warf mir einen scharfen Blick zu und machte eine harsche Bewegung mit dem Zeigefinger, die bedeutete, dass ich meine Utensilien in eine der grauen Plastikwannen legen sollte. Dann wanderte ihre mächtige Hand an ihren schwarzen Ledergürtel mit dem Elektroschocker, um dort zu verharren. Mein Unterkiefer bibberte. Wagemutig fingerte ich Pook aus meiner Jackentasche und setzte ihn behutsam in die Mitte der nächstliegenden Kiste. Wie winzig er darin aussah!

Mit gesenktem Kopf blickte ich über meine Brillengläser hinweg in Richtung des Scanners und begann in Zeitlupe, den Kasten mit meinem Bürzel-Buddy voranzuschieben. Der Security-Kollege hinter dem Bildschirm beachtete mich nicht, da er noch mit den Habseligkeiten meiner Vorgänger beschäftigt war.

„MOMENT!", donnerte es aus dem Kolossos. „Voll machen! Aber zackig!"

Ich zuckte zusammen und erstarrte. Was sollte ich nur tun? Einer von beiden würde mich absehbar vierteilen. Warum zum Kuckuck musste ich immer so in die Klemme geraten?

Ich wagte einen Erklärungsversuch: „Er heißt Pook – und ist sehr eitel, darum möchte er allein ..."

„BLÖDSINN! Den anderen Kram da rein und keine dummen Geschichten!", lautete der Befehl.

„Entschuldigen Sie bitte, könnten wir nicht ausnahmsweise, ähäm, es ist doch kein Umstand."

„Hier passiert das, was ich sage. Keine Diskussion. Das blöde Viech ist zottelig, dämlich und hässlich. Ich finde nicht, dass es eine Ausnahme verdient hat."

Pook reckte seinen edlen Angorakörper. Seine Knopfaugen verengten sich düster und verhießen nichts Gutes. Der Kolossos starrte unbeirrt auf Pook nieder. Pook zeigte keinerlei Respekt und erwiderte den Blick sekundenlang. Hier standen sich zwei Alpha-Tiere in einem Machtkampf gegenüber, den ich nicht verstand.

Schließlich grollte es tief aus Pooks Kehle, er sei vielleicht eine faserige Ente aus Wolle und habe kein Gehirn. Aber kein Hirn sei erheblich besser als die trübe Grütze, die die Kommandantin da unter ihrer Schädeldecke beherberge. Er, Pook, würde jedenfalls keine weiteren Gegenstände in seiner Kiste dulden. Basta. Ob es jetzt endlich weitergehen könne ... sie, die Kommandantin, sei wohl geltungssüchtig ... sie halte uns alle nur auf.

Ich erstarrte zu Salzsäule, vergaß quasi zu atmen.

Der Kolossos stemmte die Hände in die Hüften und zog die Augenbrauen hoch, solche grauen Borsten, bleistiftdick und in der Mitte zusammengewachsen. Die breite Nase hatte etwas Schlagseite nach rechts; darunter formte sich ein gepresster Mund mit dünnen Lippen. Kurzum, man wollte sie eigentlich nicht ansehen.

Die hinter mir wartenden Passagiere waren mucksmäuschenstill geworden und auch der Scanner-Kontrolleur schaute jetzt neugierig herüber.

„Soso, renitente Urlauber, du und das Ding da. Willst mich wohl herausfordern? Na, euch krankem Gesocks werde ich helfen. Mitkommen!"

„Er hat es nicht so gemeint – los, Pook, entschuldige dich! … Es tut ihm bestimmt schon leid!", versuchte ich Schadensbegrenzung zu betreiben, „er ist sonst eigentlich ein ganz friedfertiger Zeitgenosse, aber eben noch nie geflogen. Wahrscheinlich hat er nur Flugangst. Ich nehme ihn einfach mit durch die Personenschleuse, geht das?"

Pook starrte diesmal finster zu mir rüber. Ich warf meinen Schal auf ihn drauf, damit er nicht noch mehr Schaden anrichten konnte.

„Du hast doch etwas zu verbergen. Nimm deinen Krempel und dein Stofftier und dann Abmarsch." Zu einem Kollegen am Band 3: „Horst, komm mal her. Hier ist eine Spezialbehandlung im Hinterzimmer fällig."

Horst trabte herüber und eskortierte dann Pook und mich zu einer Tür im Hintergrund. Der Kolossos folgte uns, natürlich wieder mit der Hand am Elektroschocker. Hätte nur noch gefehlt, dass sie uns in Handschellen gelegt hätten. Jedenfalls blieb mir nichts anderes übrig, als klein beizugeben und folgsam zu sein. Hoffentlich würde Pook nun brav mitspielen.

18. DIE ALTE UHR

Vorlaute Häkelenten können zwar verschärfte Probleme erzeugen,
bewirken aber auch wundersame Veränderung.
Dominante Zeitgenossen beißen dann auf Wolle, hart wie Granit.

Die mehrfach gesicherte und überwachte Stahltür, hinter der meine Eskorte mit mir verschwand, verhieß nichts Gutes, aber mir blieb keine Wahl, als mich der überwältigenden Dominanz der Staatsmacht (oder besser Staatswacht) zu beugen. Ein flaues Gefühl machte sich im Magen breit.

An der grauen Betonwand des kargen rechteckigen Raumes hing eine große runde Bahnhofsuhr, die verhängnisvoll wirkte und diesem ansonsten technisch ausgefeilten Bereich die Würde von Geschichtsträchtigkeit und Traditionalismus verlieh. Sie zeigte 8 Uhr 34 an. Ich beäugte das Ding misstrauisch, da ich analogen Geräten grundsätzlich kein Vertrauen bezüglich Präzision und Zuverlässigkeit schenkte. Der lange schwarze Minutenzeiger gab jedes Mal ein Klacken von sich, wenn er ein Stück vorwärts zuckte, was in meinen Ohren zunehmend bedrohlich wirkte. Würden Pook und ich rechtzeitig zum Gate kommen?

Sämtliche Habseligkeiten, den Inhalt meines Handgepäcks und natürlich den frechen kleinen Bürzel-Buddy musste ich hergeben, ohne einen Schimmer der Ahnung, was man mit ihm anzustellen gedachte. Schließlich wurde ich auch noch aufgefordert, mich bis auf die Unterwäsche auszuziehen, was sonst zwar in einschlägigen Etablissements kein Problem für mich darstellte, jedoch im aktuellen situativen Umfeld durchaus als entwürdigende Abfertigung unbescholtener Bürger bewertet werden musste und mich wohl demütigen und zermürben sollte. Es wirkte!

Im Nachbarzimmer konnte ich durch eine Glasscheibe beobachten, wie Horst und zwei seiner Kollegen meinen Krempel auf einem großen Glastisch ausgebreitet hatten und nun Handschuhe überstülpten, um bedächtig alles zu inspizieren. Horst hatte Pook in einen Glaskasten gesperrt, in dem eine mysteriöse Apparatur um ihn herum rotierte und dabei surrende Geräusche von sich gab. Pook war ausnahmsweise sanftmütig und blieb widerstandslos liegen.

Die Kommandantin hatte sich in der Durchgangstür postiert, eine Hand in die Hüfte gestemmt, die andere locker auf ihren Elektroschocker am Gürtel abgelegt. Ihre Argusaugen beobachteten jede Bewegung ihrer Untergebenen, wenn sie nicht gerade zu schmalen Schlitzen verengt auf mich geheftet waren. Meines Erachtens völlig unverständlich. Bis auf die leichte Speckschicht über meinen Muskeln und die funktionale Feinripp-Unterwäsche fand ich eigentlich nichts an mir auszusetzen, und selbst das hätte als minderschweres Vergehen entschuldigt werden können.

„Wie lange wird es wohl dauern? Unser Gate schließt bald und der Flieger wartet doch bestimmt nicht auf uns, oder?" Ich hoffte auf eine Information, die meine Befürchtungen milderte. Leider kam das Folgende als Antwort:

„Es dauert so lange wie nötig. Ob auf dich danach noch ein Flug wartet oder schwedische Gardinen, ist für die Prozedur unerheblich. Hättest eben früher aufstehen sollen, wenn du die Sicherheitskontrolle austricksen willst."

Noch früher? Ich war entsetzt.

Das Flugticket war kein Schnäppchen, und ob irgendeine Versicherung für verpasste Flüge aufgrund akribischer Sicherheitskontrollen aufkam, musste bezweifelt werden. Ich schielte zur Uhr, dann zu Horst und seinen uniformierten Kollegen. Man könnte meinen, die Typen bewegten sich in Zeitlupe, während der antiquierte Zeitmesser geradezu Schallgeschwindigkeit anzustreben schien und bereits 9 Uhr erreicht hatte. Der arme Swifty befand sich womöglich in unmittelbarer Lebensgefahr bei seinen Entführern oder war bereits als Spielzeug an rüpelige Kleinkinder verschachert worden, während ich hier festsaß und ohnmächtig zusehen musste, wie mein schöner Befreiungsplan scheiterte. Ich biss die Zähne zusammen und verbot mir das Ausschmücken derartiger Katastrophenszenarien.

Das Sicherheitspersonal nahm sich nun meinen Rucksack vor. Pook kam inzwischen zum Röntgen. Anschließend folgte eine Leibesvisitation jeder einzelnen Masche. Horst hatte sich eine lange glänzende Nadel aus einer Schublade gefingert und stach langsam von allen Seiten in den weichen Körper des hilflosen kleinen Bürzel-Buddies hinein. Diese überaus martialisch wirkende Untersuchung war in der Tat kein Problem für Pook. Neulich hatte ich ihn und Nils dabei beobachtet, wie sie eine neue Kampfsportart ausprobiert hatten. Es ähnelte dem mittelalterlichen Lanzenturnier. Während Nils mit seinem Zahnstocher auf Pook losging, hatte sich dieser mit einem Rollladenspieß bewaffnet und konterte elegant, indem er den Stoß mit seinem Kugelfüßchen abfing. Die Gegenoffensive landete mehrere Zentimeter tief im Körper von Nils, der daraufhin mit dem Spieß im Bauch durch die Wohnung tänzelte. Ganz offensichtlich schien es den flauschigen Körpern nichts auszumachen, angepiekt zu werden, sondern prickelte irgendwie angenehm, sodass die Kontrahenten manchmal sogar absichtlich in die Waffe des anderen hineinliefen. Für uns Menschen stellte sich dieses Spiel als entsetzliches Gemetzel dar, war aber in Wirklichkeit für Bürzel-Buddies eine lustige Beschäftigung, die ihrer Füllwatte und den luftigen Wollfäden nichts anhaben konnte.

Nichtsdestotrotz empfand ich tiefen Groll gegenüber Horst, der ja nicht sicher sein konnte, ob er meinen Freund verletzte.

Die Zeiger der Uhr hatten schon wieder Bocksprünge vollführt und hetzten auf 9 Uhr 20 zu. Meine Hoffnung, den gebuchten Flug zu erreichen und spätestens um 9:40 Uhr am Gate zu sein, schwand. Egal, wie es nun weiterging, ich blieb meinem Versprechen verpflichtet, Swifty zu finden und zu befreien, hatte aber zunächst keinen Plan B in petto. Mit allem hatte ich gerechnet, aber nicht mit einem verpassten Flug. Ich fühlte, wie mein Mund austrocknete und sich ein fahler Geschmack breit machte. Wie ich das hasste!

Nun ja, immer, wenn mir das Schicksal besonders dicke Knüppel zwischen die Beine warf, gelang es mir, außerordentliche Kräfte zu mobilisieren und ausgefeilte Strategien zu entwickeln. Ich erinnerte mich an einen Ratschlag vom Doc, der mir weismachen wollte, dass Erfolg nur eine Frage der inneren Einstellung wäre und dass ich alle Voraussetzungen mitbrächte, um meine Ziele zu verwirklichen.

Ich überlegte, was wohl meine Stärken waren. Was konnte ich ganz besonders gut, im Idealfall, ohne mich anzustrengen? Außer essen fiel mir erst mal nichts ein, aber das zählte jetzt nicht. Meine Mutter hielt mich für einen Schwätzer und Tagedieb. Dietlinde fand, ich sei durchtrieben und überspannt. Der Doc diagnostizierte mich als kontrollsüchtig und neurotisch und für meine Brüder galt ich schon immer als feige Lusche.

Die Wahrheit war, nichts davon beschrieb mich hinreichend. Jeder von ihnen hatte ein anderes, eher negativ geprägtes Bild von mir, das ich aber offensichtlich selbst kreiert hatte, indem ich zu genau der Person wurde, mit der mein Gegenüber dachte, gut umgehen zu können. Indem ich instinktiv spürte, mit welcher Masche ich Leute einwickeln konnte, ergaben sich enorme Chancen. Im Laufe der Zeit hatte ich diese Methodik so perfektioniert, dass sie als Joker fungierte, um eigennützige Ziele zu erreichen. Wahrscheinlich war es also meine größte Stärke, jedem etwas vorzuspielen und dadurch gewisse Interessen durch die Hintertür durchzusetzen. Möglicherweise hatte ich großes Geschick darin, andere zu manipulieren, ohne dass sie es merkten. Die Frage war nur, wie konnte ich diese Eigenschaft jetzt und hier einsetzen?

Zuerst ging es darum, das Terrain zu sondieren: Welche Gegenstände standen mir als Waffen zur Verfügung? Welche Schwäche war bei der Kommandantin stark ausgeprägt? Wer konnte mir Schützenhilfe geben? Innerhalb weniger Minuten reifte ein waghalsiger Plan, der durch Kreativität und Dreistigkeit bestach und in keinem Spionagethriller der alten Schule hätte fehlen dürfen.

Was ich nun noch benötigte, war irgendein Störfaktor, der als Auslöser und Überraschungsmoment dienen konnte.

Die alte Uhr gab wieder ein Klacken von sich, aber diesmal registrierte ich es kaum.

19. SPIEL DER MACHT

Keine Situation ist so ausweglos,
dass sie nicht noch einen kreativen Plan wert wäre.
Wer für Freiheit kämpft, kann auch ohne Waffen zum Sieger werden.

Während sich der Kolossos zwischenzeitlich zu langweilen schien, stieg bei mir die Konzentration ins Unermessliche.

Manchmal hat man auch mal Glück und das war jetzt!

Die schwere Stahltür surrte, schwang langsam auf und stand einer Gebäudereinigungskraft (Putzfrau) im Weg, die einen dieser sperrigen und vollgepackten Wagen vor sich her bugsierte und ihn mehrmals rücksichtslos gegen die behäbige Tür rammte. Sie nahm weder Notiz von den sie beobachtenden Sicherheitsleuten noch von der mürrisch drein blickenden Kommandantin. Für ein paar Sekunden war die Aufmerksamkeit der gesammelten Mannschaft auf sie gerichtet, was durch ihre osteuropäisch klingenden Kraftausdrücke noch intensiviert wurde. Perfekt!

„So, gute Frau, jetzt ist Schluss mit der Scharade!" Meine Stimme dröhnte durch den Raum, dass ich sie selbst kaum wiedererkannte. Sogar die Putze hielt inne. Aber an sie waren meine Worte nicht gerichtet. Ich verschränkte die Arme, hob mein Kinn und baute mich in voller Größe vor der Kommandantin auf, so nah, dass ich die Mottenkugeln in ihrer Kleidung riechen konnte. Da sie mit dem Rücken an der Türzarge lehnte, konnte sie nicht zurückweichen. Ich pustete ihr meinen schlechten Atem ins Gesicht, naja, gegen den Hals, aufgrund ihrer Körpermaße. Dann schleuderte ich ihr eine Wortsalve entgegen, die Abraham Lincoln Respekt abgerungen hätte – meinen Blick ohne zu zwinkern fest in ihre Pupillen gebohrt.

„Wie kann es sein, dass diese Zivilistin mit einem Gefährt, so groß, dass zehn Kalaschnikows und zwanzig Kilogramm C4 problemlos darin herumkutschiert werden können, hier einfach so reinspaziert? Sie stehen nur reglos da wie Lots Weib und wundern sich nicht mal?" Die Kommandantin sperrte den Mund auf und klappte ihn gleich wieder zu. Ich hatte Eindruck gemacht. Dann nahm ich richtig Fahrt auf:

„Ihr Name und Ihre Dienstnummer, aber sofort! Und zu Ihrer Information: Ich bin als Bundesagent im Auftrag der Regierung unterwegs und unterliege höchster Geheimhaltungsstufe. Ich verlange unverzüglich, meine Reise fortsetzen zu können ... Hallo, ist da oben jemand zuhause?" Ich tippte ihr an die Stirn, zugegebenermaßen ziemlich übergriffig, aber sie zuckte nicht mal. Diese alten Stasi-Haudegen konnte so schnell nichts erschrecken. Nach einer weiteren stummen Sekunde fand sie wieder zu Worten, aber der Tonfall war milder als zuvor.

„Da kann ja jeder kommen. Weisen Sie sich erst mal aus!", und zur Putzfrau gellte sie: „Und Sie da verlassen sofort den Raum!" Aber die dachte gar nicht daran. Hier schien es gerade äußerst interessant zu werden, und sie wollte nichts verpassen. Schließlich hatte ihr Dienstfahrzeug weder Sprengstoff noch Gewehre geladen, dafür aber fiese Biozide und dreckiges Putzwasser.

„Ausweisen? Träumen Sie weiter, Frau Breschnjew-wa, oder wie Sie heißen. Sie sind dabei, meine seit vier Jahren höchst effektive Tarnung platzen zu lassen. Ihre fixen Jungs haben jedes Molekül meines Gepäcks analysiert. Keine tolle Leistung, wenn Ihr dabei ausgerechnet meinen Dienstausweis übersehen haben solltet, oder?" Ich war richtig im Flow und fand langsam Spaß an meiner Show. „Also, was ist jetzt?"

„Aber Sie werden doch irgendeine Möglichkeit haben, sich identifizieren zu können." Sie wurde vorsichtig.

„Na schön, rufen Sie meinen Notfallkontakt im Kommissariat 21 an. Die wird Ihnen eine Beschreibung meiner Person geben und die Dringlichkeit meiner Mission bestätigen. Sie heißt Klein, Rebecca Klein", erklärte ich und deutete mit unmissverständlichem Zeigefinger auf das Telefon. Ich hoffte inständig, das kleine Gespenst würde direkt am Apparat sein. Sie hatte sich bei ihren Polizeikollegen inzwischen zur Allround-Assistentin hochgearbeitet, wodurch sie enorm gut informiert war und sich bei Rotzenmotz, Tüpfelhoser und Co. unentbehrlich gemacht hatte. Natürlich war sie in meine Reisepläne eingeweiht worden, rechnete aber nicht mit einem Kontrollanruf.

„Äh, also gut. Die Telefonnummer?" Die Kommandantin wirkte jetzt verunsichert.

„Was für eine dumme Frage! Ich könnte Ihnen ja eine fiktive Nummer nennen, die zu irgendeiner lächerlichen Praktikantin führt. Die Amtsleitung des Kommissariats müssen Sie schon selbst eruieren, sonst wissen Sie ja nicht, ob es die echte ist!" Ich trug mächtig dick auf und kam auch noch damit durch.

„Natürlich, klar! – Horst? Such mal die Nummer raus und ruf da an! Worauf wartest du?", giftete der Kolossos ihren Untergebenen an.

Die Raumpflegerin hatte inzwischen begonnen, mit einem rosafarbenen Lappen über Regale und Tische zu feudeln und dabei so unauffällig wie möglich auszusehen. Es war offensichtlich, dass der Lappen reine Alibifunktion hatte und nur dazu diente, ihre Anwesenheit zu rechtfertigen. Verstohlen schielte sie zwischen dicker Hornbrille und splissigem Haar in meine Richtung, denn es schien ihr Freude zu machen, wie ich die Kommandantin vorführte.

Horst hackte unbeholfen auf seine Computertastatur ein. Wir warteten.

Pook würdigte mich mit vielsagenden Knopfaugen und gekräuselten Maschen – offenbar sah er meinen Auftritt kritisch und hatte Bedenken. Die Zeit schien still zu stehen. Ich hätte den kleinen Bürzel-Buddy gern an mich genommen und gekrault, aber ich musste Acht geben, dass ich in meiner Rolle blieb und glaubwürdig und respekteinflößend rüberkam.

Endlich war Horst fündig geworden, angelte sich den Telefonhörer und wollte gerade beginnen, eine Nummer einzutippen, als ihn die Kommandantin wegschubste und ihm den Hörer aus der Hand riss. Sie hatte wohl langsam Muffensausen bekommen und wollte nun keine Fehler riskieren. Horst diktierte zaghaft eine lange Telefonnummer; sie hielt sich den Hörer ans Ohr und wendete sich ab. Nach einer Weile meldete sich die Zentrale und die Kommandantin verlangte Frau Rebecca Klein zu sprechen.

Ich stand bibbernd im Hintergrund, vielleicht aufgrund meiner leichten Bekleidung, möglicherweise aber wegen dieses tollkühnen Manövers, dessen Erfolg nun von einem kleinen Gespenst abhing. Entweder würden Pook und ich in Kürze im Flieger sitzen oder beide in getrennten Zellen beziehungsweise Käfigen der JVA.

Ich weiß bis heute nicht, wie es passiert ist, aber es hatte geklappt – jedenfalls zunächst. Das kleine Gespenst hatte seine Sache sehr gut gemacht und gleich erkannt, worum es ging. Obendrein hatte die Kommandantin alles geschluckt und sich am Ende sogar noch entschuldigt, wenn auch widerwillig und knapp angebunden. Wahrscheinlich war bei ihr ein fader Beigeschmack zurückgeblieben, schließlich hatte sie als hartgesottene Sicherheitschefin einige Erfahrung mit suspektem Gesindel, wusste aber auch, wann es Zeit war zurückzurudern, damit kein Schaden für die Organisation entstand. Die verhasste große Uhr zeigte 9:35 Uhr an, als ich an ihr vorbei durch die Stahltür stolzierte.

Unvollständig angezogen mit chaotischem Gepäck hechteten Pook und ich Richtung Gate, das in recht kurzer Distanz erreichbar war. Wir fanden es jedoch leer und verlassen vor. Ungläubig drehte ich mich im Kreis auf der Suche nach einem Hinweis für einen eventuellen Wechsel der Abfertigungshalle oder sonst einer Erklärung.

Ich sah auf meine zurückeroberte Armbanduhr: 9:58 Uhr!

WAS???

Ich checkte die Digitaluhr über dem Meeting-Point: ebenfalls 9:58 Uhr. Zu spät! Der Flieger war weg – ohne uns!

Die alte Analoguhr hatte mich veräppelt und ihr lautes Ticken war nichts als Hohn und Spott gewesen. Am Ende hatte ich eine bissige Kommandantin besiegt, musste aber vor einem altertümlichen Zeitmessgerät kapitulieren. Dumm gelaufen, Charly.

20. ENDSTATION DESPERADO

Versagertum in Reinkultur
– aber in wolliger Gesellschaft, lässt es sich ertragen.
Jetzt kann nur noch Zeit die Wunden heilen.

Ich starrte die Digitaluhr an, als hätte sie Pestbeulen. Eine Bodenpersonalerin kam vorbei, fragte mich, ob sie mir helfen könne und bestätigte leider, dass mein Flieger gerade im Begriff sei, flügge zu werden.

„Sehen Sie, da rollt er!" Sie deutete mit ausgestrecktem Arm auf einen Jumbo, der hinter der großen Glasscheibe gerade zur Beschleunigung auf der Startbahn ansetzte. „Ihr Gepäck müsste eigentlich ausgeladen worden sein. Bitte gehen Sie zum Serviceschalter und holen es ab."

Später saß ich mit Sack und Pack in der Wartehalle, fixierte die verhängnisvolle Stahltür, hinter der mein Schicksal seinen Lauf genommen hatte und knobelte an einem Plan B. Zurück nach Hause konnte ich mich jetzt nicht wagen, denn Dietlinde weitere Lügenmärchen aufzutischen, war mir einfach zu anstrengend. Außerdem hätte sie den Braten von Weitem gerochen und mich mit Fragen gelöchert bis ich aufgab. Ich schwankte, ob ich mich in einem Hotel in der Stadt einquartieren sollte, um meine Wunden zu lecken, oder beim Doc mit der bitteren Wahrheit aufschlug. Ich entschied mich für Ersteres, wohl ahnend, welch tiefe Sorgenfalten ich meinem Freund damit auf die Stirn meißeln würde.

Zunächst verließ ich den Flughafen mit dem nächsten Bus Richtung Innenstadt und nahm den erstbesten Schuppen, der durch das Fenster in Sicht kam. Es war eine ziemlich heruntergekommene Absteige namens „Desperado", aber ich fand das angemessen, angesichts meiner traurigen Situation. Dort verkroch ich mich für die nächsten 24 Stunden, ohne Essen und ohne Kontakt zu Außenwelt. Wieder mal war ein Bürzel-Buddy mein einziger Gefährte, obwohl dem kleinen Gesellen auch nichts mehr einfiel, wie er mich aufmuntern konnte. Genau genommen, war er ja an der Misere schuld, aber ich wollte ihm keine Vorwürfe machen. Ich spürte, dass er schon mit sich selbst schwer haderte. Das hatte es noch nie vorher gegeben.

Ich warf mich rückwärts auf das schmale Bett, das solche Belastungen wohl nicht gewohnt war und laut quietschend Beschwerde anmeldete. Mit hinter dem Kopf verschränkten Armen starrte ich die Decke an, lokalisierte dort diverse Risse und überlegte, ob es mir gelegen käme, wenn das Gebäude jetzt über mir einstürzen würde. Immer wieder dieses unsägliche Selbstmitleid!

Was würde Swifty wohl grade erdulden, dachte ich.

21. FRAG DOCH DIETLINDE!

Zwar soll man den Morgen nicht vor dem Abend loben,
aber andersherum stimmt's auch:
niemals den Tag von der Nacht verfluchen!
Eine neue Wendung stellt alles auf den Kopf!

Der Doc schleppte sich mit schweren Schritten vom Auto zum Hauseingang. Es war ein harter Tag gewesen, wahrscheinlich wieder Vollmond oder ein anderes astro-kosmisches Phänomen. Er fand keine Erklärung für die gelegentlich kollektiv auftretenden Rückfälle seiner Patienten – und diesmal war es besonders dick gekommen. Charlys Mutter Crescentia hatte sich in seinem Büro angesichts des überlebensgroßen Bürzel-Buddy-Portraits derart echauffiert, dass sie im Krawall-Kabuff eingeschlossen werden musste, in dem sie eine Stunde lang randalierte. Ein anderer Knallkopf war aus dem zweiten Stock gesprungen, nachdem ihm eine ominöse Stimme verkündet hatte, er sei von Gott als männlicher Engel ausersehen, um die Geschlechterquote der himmlischen Heerscharen in Ordnung zu bringen. Weitere zwei Patientinnen hatten sich klammheimlich in die Küche geschlichen und alle Eiscreme-Vorräte mit Spiritus übergossen, überzeugt, damit ein gutes Werk für den Body-Mass-Index sämtlicher weiblicher Gäste getan zu haben.

Obendrein war seine Belegschaft aufgrund grassierender Grippe um die Hälfte dezimiert, und der Doc musste nun selber Termine koordinieren und Spritzen aufziehen. Er war fix und fertig, als er sich am sehr späten Abend endlich getraute, die Klinik zu verlassen.

Ihn belastete außerdem die Tatsache, dass sein Freund Charly noch kein Lebenszeichen von sich gegeben hatte, seit er ihn am Flughafen abgesetzt hatte. Inzwischen hätte sein leicht durchgeknallter Kumpel längst in Chicago gelandet sein müssen, und es gab keinen harmlosen Grund, sich nicht zu melden. Da dies nicht stattgefunden hatte, musste irgendetwas passiert sein. Der Doc betrat seine Wohnung und seufzte angesichts des Anrufbeantworters, der blinkte wie eine Lichtorgel. Neun Anrufe, alle ohne eine Nachricht zu hinterlassen und alle von derselben Nummer. Es war das kleine Gespenst. Im schwante nichts Gutes.

Ein Blick auf die Uhr sagte ihm, dass es wohl unverschämt sei, jetzt noch zurückzurufen, aber die Sache ließ ihm letztlich doch keine Ruhe. Er drückte die Rückruftaste seines Telefons, geriet jedoch auch nur an den Anrufbeantworter seiner Auszubildenden. Selbst Agentinnen müssen mal schlafen. Gleich morgen früh würde er es wieder versuchen.

Der Doc schenkte Kalle, seinem treuen Bürzel-Buddy, noch ein paar Minuten Aufmerksamkeit, was sich als Alternative zur Ginflasche gut bewährt hatte, um sich nach der Arbeit zu entspannen. Kalle fragte natürlich nach Neuigkeiten in Sachen „Operation Duck Tales" und konnte dann aufgrund seines ruhigen Naturells einige Sorgen des Docs zerstreuen. Pook sei ein Held im Wollfell, meinte er beschwichtigend, der habe alles im Griff.

Dann ging der Doc zu Bett und fiel augenblicklich in tiefen Schlaf.

Irgendwann – es fühlte sich an, als hätte er tagelang im Koma gelegen – vernahm er Klopfen und Poltern, dann Rufen und Klingeln. Er klappte ein Auge auf und stellte fest, dass es draußen heller Tag war. Schlagartig rappelte er sich auf – besser gesagt, er bemühte sich, seinen alternden Körper zügig in die Senkrechte zu hieven, was ihm allerdings mit den Jahren nicht mehr so schnell gelingen wollte. Draußen an der Tür schien eine Art Revolte stattzufinden, jedenfalls humpelte er hastig über den Flur, leise die beginnende Arthrose verfluchend, die sich im Gebälk eingenistet hatte. Die LED am Anrufbeantworter flackerte schon wieder aufdringlich.

„Jaja, ich komme schon. Verdammt noch mal. Was ist denn? … So ein Mist, ich habe verschlafen." Noch im Pyjama öffnete er die Tür.

„Dietlinde, duu?!"

„Gott sei Dank, Doc. Endlich erreiche ich dich. Was ist mit dir? Hast du etwa noch geschlafen? Es ist schon neun Uhr!", mahnte die chronische Frühaufsteherin. Dietlinde hatte kein Verständnis für Leute mit ausgiebigem Schlafbedürfnis.

Unaufgefordert trat sie ein und lief zielgerichtet zum Küchentisch. Missbilligend betrachtete sie kurz die unaufgeräumte Anrichte, schnipste ein paar Krümel vom Stuhl und fegte die Sporteinlage der vortägigen Zeitung zur Seite.

„Du wirst nicht glauben, was passiert ist. Ich habe heute schon hundertmal versucht, dich anzurufen, aber du gehst wohl überhaupt nicht mehr ans Telefon? Na gut, jetzt bin ich ja hier." Ein ausgeprägt vorwurfsvoller Unterton schwang des Öfteren in ihren Erzählungen mit, aber der Doc hatte gelernt, mit solchen Frauen umzugehen. Nur heiraten durfte man so eine nie – aus dem Fehler hatte er gelernt.

Dietlinde stellte ihre riesige sackartige Handtasche auf die vorbereitete freie Tischfläche und zog vorsichtig einen braunen Pappkarton heraus, den sie mit vielsagendem Blick daneben positionierte. Dann trat sie einen Schritt zur Seite und verschränkte die Arme vor der Brust.

„Guck dir das Ding an! Der Karton stand heute Morgen vor meiner Haustür. Keine Ahnung, von wem der kommt. Irgendjemand muss ihn nachts dort abgelegt haben, ohne zu klingeln. Mir ist ganz flau im Magen, wenn ich daran denke, was für krummes Gesindel in der

Dunkelheit bei uns herumschleicht. Ausgerechnet jetzt, wo ich allein bin … Wo ist Charly eigentlich? Könnte sich auch mal melden."

Der Doc schwieg. Er klappte langsam die bereits aufgeschnittenen Deckelseiten auf, nahm eine Hand voll zerknüllten Altpapiers heraus und traute seinen Augen kaum. Darin lag, hilflos zur Seite gekippt … Swifty!

„OH!!!", der Doc jauchzte. Er zögerte, den kleinen Gesellen anzufassen und starrte sekundenlang in den Karton: „Wie geht es ihm? Hast du ihn schon untersucht?"

„Untersucht? Quatsch. Vielleicht ist eine Bombe drin versteckt – oder Säure oder irgendein afrikanischer Virus. Ich fasse das Bündel nicht an." Dietlinde hatte offenbar zu viele Kriminalfilme geguckt.

„Sei bloß vorsichtig!"

Gemeinsam beäugten sie den Karton von allen Seiten, aber er hatte nichts Verdächtiges an sich. Nachdem Kalle lauthals verlangte, seinen Freund endlich zu befreien und diese dummen Horrorszenarien zu unterlassen, riss sich der Doc zusammen und stupste Swifty an. Der Bürzel-Buddy wirkte etwas ramponiert, kalt und leicht staubig, schien ansonsten aber ganz der Alte zu sein. Sie setzten ihn neben Kalle, und die beiden Buddies begrüßten sich freudig. Sie wedelten mit den Bürzelschwänzchen und schnäbelten sich gegenseitig in die Flanken.

„Na super! Swifty ist wieder da, und wo ist meine Smaragdkette?", entfuhr es Dietlinde gereizt.

„Tja, hier drin ist sie jedenfalls nicht. Aber sieh mal. Da ist noch ein Zettel im Karton. Oh, hinten steht etwas geschrieben."

Der Doc faltete das zerknickte Blatt Papier auseinander, auf dem Swifty gelegen hatte.

„Unfassbar, hör dir das an:

Wenn Sie wollen andere Sachen, Kette und Krone, geben dafür 5.000 Euro her. Sonst nix wieder zurück. Übergabe von Geld findet statt übermorgen 12 Uhr. Standort wird noch gegeben bekannt. Halten Handy eingeschaltet. Nix Polizei, sonst böse Strafe. Bringen schrägen Vogel mit. Packen alles ein in gelbe Tüte aus Bastel-Laden Kunze.

Das soll wohl ein Erpresserbrief sein – und mit ‚schräger Vogel' ist sicher unser Swifty gemeint." Dietlinde und der Doc sahen Swifty fragend an, aber der schaute nur unschuldig ins Leere. Fassungslosigkeit machte sich breit.

„Eine bodenlose Sauerei ist das!", Dietlinde geriet in Zorn. „Erst Leute beklauen und dann die armen Opfer noch erpressen, weil man zu dämlich ist, das Zeug auf dem Schwarzmarkt loszuwerden. Für wen halten die mich?"

„Für eine Frau, die ihren Schmuck wiederhaben will. Damit liegen sie ja auch nicht falsch. Immerhin scheint es eine Chance zu geben, dass es klappen könnte. Oder willst du deine Kette schon gar nicht mehr haben? Eins weiß ich jedenfalls ganz genau: Crescentia würde alles tun, um ihr Diadem zurückzubekommen." Der Doc versuchte, die Situation rational zu erfassen. Aber er war ja auch nicht direkt vom Verlust wertvollen Privateigentums betroffen und konnte somit emotionalen Abstand wahren. Außerdem war ihm daran gelegen, Dietlinde wieder loszuwerden.

Dietlinde schnaufte schwer. „Natürlich will ich meine Kette zurückhaben, aber andererseits auch nicht dumm wie Dornröschen dastehen und alles hinnehmen. Soll Charly sich mal drum kümmern. Es ist schließlich alles seine Schuld … verdammt nochmal, wo ist der denn nun? Du weißt doch etwas, Doc. Was habt ihr denn wieder ausgeheckt?"

„Um Himmels willen – das hatte ich ja ganz vergessen. Das kleine Gespenst!" Der Doc erschrak, als er an die vielen entgangenen Anrufe seiner Auszubildenden dachte.

Dietlinde wurde blass. „Wie bitte? Was für ein Gespenst? Willst du mir weismachen, Charly sei von Geistern verschleppt worden? Also, langsam solltest du dich auch mal ärztlich untersuchen lassen. Mir reicht es. Ich bringe diese Kiste jetzt zur Polizei … und du kümmerst dich endlich mal um deinen Freund."

„Meinst du, das ist nötig? Na gut, mach, was du meinst, aber Swifty bleibt hier!"

„Nein, der gehört in die Kiste, damit die Polizei …"

„Kommt nicht in Frage! Keiner der Bürzel-Buddies verlässt das Haus. Wir werden nicht riskieren, dass er wieder entführt wird oder, äh, sonst wie verschwindet." Der Doc wurde ungemütlich.

„Du bist genauso ein Spinner wie Charly!" Sie griff nach der Kiste (ohne Swifty) und rauschte davon.

22. DOPPELTES SPIEL

Aufatmen! Die Bürzel-Buddies sind endlich vereint.
Aber einige Menschen sind nicht zufrieden
und schmieden einen schlauen Plan.
Andere glänzen derweil durch totale Tatenlosigkeit.

Es wurde brenzlig. Dietlinde war im Begriff, im Polizeirevier aufzuschlagen und würde dort absehbar Rebecca, also dem kleinen Gespenst, begegnen. Sicher würde damit ihre gut organisierte und äußerst fruchtbare Tarnung als Schredder-Praktikantin auffliegen. Der Doc musste unbedingt seine loyale Auszubildende an die Strippe bekommen, um sie anzuweisen, sofort unterzutauchen, sonst wäre alles verloren. Er fuhr sich nervös durch den Kinnbart und stöhnte, während er aufgeregt in seinem Haus hin- und herlief, um frische Kleidung einzusammeln, die seine Haushälterin irgendwo auf dem Weg von der Waschmaschine zum Schrank zwischengelagert hatte. Die Frau war zwar emsig und stets bemüht, aber schusselig und begann alle Hausarbeiten gleichzeitig, was letztlich dazu führte, dass nichts fertig wurde.

Nachdem er sich zwangsläufig für ein rotkariertes Hemd zur grauen Nadelstreifenhose entscheiden musste, fiel ihm ein, dass er noch gar nicht geduscht war, aber darauf kam es heute nicht an. In Unmengen an Deodorant und After-Shave gebadet, versuchte er zum dritten Mal an diesem Vormittag, Rebecca auf ihrem Handy zu erreichen. Dietlinde war schon seit zehn Minuten unterwegs, als er endlich durchkam.

„Meine Güte, Rebecca! Bist du gerade auf dem Revier? Verschwinde da sofort! Dietlinde ist im Anmarsch", zischte er durch den Hörer, als er vom kleinen Gespenst brüsk unterbrochen wurde: „Endlich melden

Sie sich! Es muss etwas schiefgelaufen sein. Gestern erhielt ich einen Anruf von der Flughafensicherheit, die mich nach einem Alibi für Charly fragte. Was ist denn passiert? Sollten wir nicht etwas unternehmen?" Das kleine Gespenst war in Sorge.

Der Doc sagte zu, sich darum zu kümmern, nahm ihr aber das Versprechen ab, sich vorsichtshalber in den Frisörladen nebenan zu verkrümeln, um ihre Tarnung zu schützen. Nachdenklich stellte er sein Telefon in die Ladestation zurück.

Kalle und Swifty saßen immer noch vergnügt auf dem Küchentisch und tauschten sich über die Erlebnisse der letzten Tage aus, als der Doc sich einmischte.

„Also Leute, die Sache sieht nicht gut aus. Charly ist offenbar in Bedrängnis geraten. Dabei ist eine geheime Mission in Chicago jetzt eigentlich gar nicht mehr nötig." Er erzählte Swifty von dem abenteuerlichen Vorhaben ihres Freundes, und dass nun guter Rat gefragt sei.

Die beiden Buddies guckten einigermaßen betroffen aus der Wäsche, runzelten die Stirnmaschen und rieten zur Vorsicht. Charly sei schließlich in Begleitung von Pook, ergo könne es gar nicht so schlimm sein. Vielmehr bestehe ein nicht kalkulierbares Risiko, die gut geplante Mission der beiden zu torpedieren, wenn man sich einmische, ohne über ausreichende Informationen zu verfügen.

Der Doc versuchte, sich einzubilden, überzeugt zu sein und ließ auch die beiden Burzel-Buddies in dem Glauben. Dann fuhr er in die Klinik, wo auch wieder nur Wirbel auf ihn wartete.

Tüpfelhoser und Rotzenmotz saßen regungslos an ihren verkratzten Kommissariats-Schreibtischen, während Dietlinde sämtliche ihr zur Verfügung stehenden rhetorischen Register zog, die beiden Ermittler zu Tatendrang zu animieren. Ein erfahrungsgemäß erfolgloses

Unterfangen. Rotzenmotz wollte seine Polizeitaktik nicht preisgeben und sich schon gar nicht mit den abstrusen Ideen einzelner Geschädigter auseinandersetzen. Tüpfelhoser hatte gerade ein Schokoladen-Eclair vor sich auf den ausgebreiteten Akten deponiert und wartete voller Ungeduld, endlich hineinbeißen zu können, woran ihn Dietlindes Gegenwart hinderte.

Beide waren also eher uninteressiert an Dietlindes Plan, das Geschmeide mithilfe eines Lösegeldes zurückzuerlangen. Ihnen ging es um das große Ganze und um ihr eigenes Ego, nämlich den Kopf der Bande dingfest zu machen und dafür Lorbeeren einzuheimsen. Außerdem machten sie keinen Hehl aus ihren persönlichen Animositäten gegenüber Charly und seinen Bürzel-Buddies, eine Groteske, die ihrer Meinung nach wenig mit der Wirklichkeit zu tun hatte und jede Menge kriminelles Potenzial bot. Da wollten die Beamten nicht mit hineingezogen werden; womöglich mache man sich zum Gespött der Kollegen, wenn sich am Ende zeige, dass man einem Fantasten aufgesessen sei.

Als Dietlinde kopfschüttelnd das Kommissariat verließ, war sie extrem übellaunig. Sie beschloss, die Sache selbst in die Hand zu nehmen. Sollten die Kerle doch an ihrer Arroganz ersticken: Charly, der Doc, die Polizisten. Alles totale Nieten. Sie würde es ihnen schon zeigen! Mit grimmiger Miene trug sie den grauen Karton in die Wohnung und stellte ihn geräuschvoll auf Charlys Schreibtisch ab.

Was dort alles rumlag: Kabel, Adapter, Bedienungsanleitungen, so kleine schwarze Batterien. „Charly, was hast du bloß mit all diesem Zeug vor", murmelte sie vor sich hin.

Dann kramte sie in einer der Schubladen, in die immer die Papierdokumente von Banken, Versicherungen und Behörden hineinwanderten, über deren Ressourcenverschwendung sich ihr Mitbewohner jedes Mal bitterlich erzürnte. Vor Kurzem war noch ein

Schreiben der Hausratversicherung eingetroffen. Darin müssten doch die Vertragsnummer und die Kontaktdaten des Sachbearbeiters notiert worden sein. Dietlinde zog schwungvoll die überquellende Schublade aus dem Seitenfach, hatte aber dessen Gewicht unterschätzt, sodass der schwere Holzkasten unkontrolliert auf den Boden krachte. Sogleich ging ihr verärgerter Gemütszustand in Gewissensbisse über. Unvermittelt schielte sie zum Regal mit den Bürzel-Buddies, die ihre temperamentvolle Rückkehr intensiv beobachtet hatten und natürlich nun strafende Blicke in ihre Richtung warfen. Nach ein oder zwei Sekunden wurde Dietlinde ihrer eigenen Körpersprache bewusst, und sie tadelte sich für diesen Moment der Schwäche.

„Herrje, Didi, jetzt hast du auch langsam eine Schraube locker. Häkeltiere erschrecken sich grundsätzlich nie und sind auch sonst nicht sonderlich beachtenswert – geschweige denn, dass sie dich bei ihrem Herrchen verpetzen", schimpfte sie vor sich hin, während sie auf den Knien hockend die Schublade durchforstete. „Dieser ganze Zirkus macht doch jeden irgendwann plemplem. Wo ist denn bloß dieser verflixte Brief geblieben?"

Während Dietlinde noch kramte, der Doc ein holpriges Therapiegespräch mit Crescentia führte (beim Anblick des befremdlich gekleideten Arztes hatte die verwelkte Ballett-Diva Schwierigkeiten, sich zu konzentrieren) und die Polizeibeamten gegen 16 Uhr den Feierabend einläuteten, schleppte sich eine zerzauste Gestalt mit mehreren Gepäckstücken die Straße entlang. Gebeugten Hauptes verweilte sie vor dem privaten Anwesen des renommierten Psychotherapeuten Dr. Vroith.

Es war … ich!

23. RÜCKKEHR MIT FOLGEN

Am Ende aller Tage kommt Licht ins Dunkel.
Ist es Zufall, dass sich die Puzzlesteine zusammenfügen?
Einmal Glück … und zurück!

Wie ein Kriegsheimkehrer aus der Gefangenschaft mit gebrochenem Herzen und müden Gliedern war ich sicher, den Tiefpunkt des menschlichen Daseins erreicht zu haben. Allein Pook, meinem mir in Schande verbundenen Gefährten, war es zu verdanken, dass ich mich überhaupt noch zurückwagte. Ich wollte ihn heimbringen zu seinen Artgenossen. Das war ich ihm schuldig. Wie diese ihn aufnehmen würden angesichts seines trotzigen Verhaltens gegenüber einer uniformierten Respektsperson, wäre abzuwarten und sowieso sein eigenes Problem.

Pook und ich setzten uns auf die Stufen vor der Eingangstür des ärztlichen Privathauses. Es war erst früher Nachmittag und der Doc war bestimmt noch in der Klinik, somit würden wir hier noch einige Zeit zu warten haben. Ich beschloss, mich mit Beobachtungen von Flora und Fauna abzulenken, was schwerlich gelang. Pook versuchte mich mit Small Talk freundlich zu stimmen und lenkte meine Aufmerksamkeit auf das bunte Herbstlaub, die fleißigen Eichhörnchen und die fluffige Wolkenformation, die gerade einen balzenden Frosch zu bilden schien. Ich sah ihn irritiert an.

„Woher weißt du eigentlich, wie ein Frosch aussieht, wenn er balzt? Und außerdem sind Frösche nicht so flauschig wie Wolken, sondern scharf konturiert", maulte ich ihn schlecht gelaunt an.

Pook schwieg.

„Entschuldige, ich bin gerade nicht in der Stimmung, irgendetwas schön zu finden. Wenn ich doch die letzten vierundzwanzig Stunden rückgängig machen könnte …", jammerte ich zerknirscht.

Langsam wurde mir kalt. Sehnsüchtig sah ich zur Eingangstür. Plötzlich fiel mir ein, was der Doc neulich im Suff erzählt hatte; nämlich, dass er öfter mal den Schlüssel verlegt, wenn er ordentlich getankt hat. Für diese Fälle war draußen ein Ersatzschlüssel versteckt, an dem schon mal ein Eichhörnchen geknabbert hatte.

„Wenn ich schon tatenlos hier rumlungere, kann ich die Zeit ebenso gut mit der Schlüsselsuche verbringen. Was meinst du, Pook?"

Pook schüttelte seine hängenden Wollfasern. Er hatte die Gegenwart von mir gründlich satt und sehnte sich einen Bürzel-Kumpel herbei, der seinem geistigen Niveau entsprach. Die fantasielose Dietlinde langweilte ihn, obwohl er ihr dies zugestand – schließlich war sie seine Mutter. Aber mir konnte er die dümmlichen Dialoge und das infantile Verhalten irgendwie nicht verzeihen. Langsam wurmte es ihn, dass ich meine Emotionen nie im Griff zu haben schien und elendig lange in Selbstmitleid badete, anstatt einen Plan zu schmieden, der bessere Erfolgschancen versprach. Zudem hatte ich schon seit Langem einen artgerechten Umgang mit ihm und den übrigen Bürzel-Buddies vermissen lassen. Er nahm sich vor, das Gespräch mit Kalle zu suchen, ob es vielleicht beim Doc ein annehmbares Habitat zu bevölkern gab.

Pook drehte den Kopf in Richtung seines Bürzel-Schwänzchens und beobachtete mich hinterrücks. Eines musste er mir lassen: Ich war zwar ein Pechvogel und sah auch so aus, hatte aber immer gute Ideen.

„Tataaa-a … der Schlüssel!" Triumphierend hielt ich das kleine schmutzige Ding in die Höhe.

Ich nahm meine Habseligkeiten und den grimmig dreinblickenden Bürzel-Buddy und verschaffte uns Einlass ins traute Heim meines alten Freundes. Nachdem die Jacken und schmutzigen Schuhe ordnungsgemäß an der Garderobe verstaut worden waren, freute ich mich auf einen Cappuccino und trottete mit Pook Richtung Küche.

Den Türrahmen durchschreitend fiel mein Blick sofort auf den Küchentisch. Abrupt versagten meine Gliedmaßen ihren Dienst; ich blieb so unvermittelt stehen, dass mir Pook fast aus der Armbeuge kippte, aber der hatte auch gleich gesehen, was los war und duckte sich rechtzeitig. Dort saßen Kalle und Swifty gesellig beisammen und feixten über unsere groß aufgerissenen Augen.

„Ja, d-da staunt ihr, hä? Swifty ist w-wieder d-da!", Kalle war ganz aufgeregt vor Freude.

„SWIFTY !!!", meine Stimme überschlug sich förmlich, „du hier? Ich dachte … Chicago …?"

Noch bevor ich eine Antwort bekam, war Pook bereits zu seinen Artgenossen gehüpft. Alle drei wuselten wild durcheinander, kwäkten gleichzeitig oder im Kanon und ließen mich unbeachtet danebenstehen.

Es dauerte eine gefühlte Ewigkeit, bis ich Swifty in meine Arme schließen konnte. Endlich war der liebenswerte Strolch zurückgekehrt – und es schien ihm gut zu gehen. Dem Himmel sei Dank! Natürlich bekam ich keine Erklärung für seinen Verbleib oder für die überraschende Rückkehr, aber das war jetzt nicht wichtig. Einfach mal den glücklichen Moment genießen, dachte ich.

Mein frohes Gemüt mit Cappuccino begießend, saßen ich und die Bürzels am Küchentisch, als die Haustür klapperte und gleich darauf der Doc hereinspazierte. Nun war ich es, der sich über die suppentellergroßen Augen seines Gegenübers amüsieren konnte.

„Hi, Doc!"

„Charly, na endlich. Wo hast du bloß gesteckt? Ich habe mir schon solche Sorgen gemacht. Und Dietlinde auch", rief der Doc und breitete die Arme aus, um mich an sich zu drücken.

„Ach was! Dietlinde sorgt sich nicht, sie entrüstet sich höchstens. Aber jetzt erzähl doch mal, wo kommt Swifty denn plötzlich her?" Ich platzte vor Neugier und befreite mich mühsam aus seinem Klammergriff. Der Doc brühte sich erst mal in aller Ruhe einen starken Kaffee und genoss es, mich auf die Folter zu spannen. Dann setzte er sich zu mir und den drei Bürzel-Buddies und erzählte mir von seinem beruflichen Drama namens Crescentia, dem ominösen grauen Karton vor meiner Haustür und den mysteriösen Anrufen seiner Auszubildenden, die ja jetzt Undercover im Einsatz war. An dieser Stelle unterbrach ich und ergänzte seinen Bericht um Einzelheiten zu den Vorkommnissen am Flughafen. Der Doc war entsetzt und verschränkte die Arme vor der Brust.

„Du hast wirklich ein Talent, dich in Teufels Küche zu bringen. Die Sicherheitsleute am Flughafen hätten dich wegsperren können bis zum Sankt-Nimmerleins-Tag. Schließlich hatte die Polizei klar angeordnet, Auslandsreisen zu unterlassen. Da sollte man sich vielleicht etwas dezenter verhalten", tadelte der lebenserfahrene Mann mein Verhalten.

„Ich konnte nichts dafür. Pook war nicht zu bändigen. Er ...."

„Hör schon auf! *Du* bist Pook!", der Doc war gereizt. Es kam selten vor, dass er meine Bürzelgeschichten mit übertriebenem Realismus verunglimpfte. Diesmal hatte ich wohl eine Grenze überschritten, die ich jetzt nicht noch verteidigen durfte. Enttäuschung stieg in mir hoch. Mein Freund hätte etwas mehr Verständnis zeigen können, wenngleich ich verstand, dass es die stressige Tage in der Klinik waren, die ihn schnell unwirsch werden ließen.

Pook wackelte zum äußeren Ende des Tisches und brabbelte etwas wie: „Charly ist eben feige; das weiß doch jeder."

Ich wollte jetzt keinen Streit, wo doch in wundersamer Weise unser Swifty zurückgekehrt war.

In etwas zwiespältiger Stimmung machten Pook, Swifty und ich uns zu Fuß auf den Heimweg. Leicht beleidigt verzichtete ich auf das Angebot, im Auto heimgefahren zu werden.

24. SCHACHZÜGE KLEINER UND GROßER HELDEN

Dietlinde wächst über sich hinaus.
Wer hätte ihr diese Raffinesse zugetraut?
Außerdem sind die Bürzel-Buddies gefragt – einer muss es ja anpacken.

Zuhause angekommen wurde es auch nicht gerade einfacher. Dietlinde, die keine Ahnung hatte, wo und weshalb ich in Wahrheit unterwegs gewesen war, sparte sich eine freundschaftliche Begrüßung. Sie trug mir immer noch das verbrannte Zitronenbäumchen nach und wohl auch den scherzhaft gemeinten Enten-Fluch.

„Schön, dass du dich auch mal wieder blicken lässt. Aha, du hast Swifty dabei. Also warst du beim Doc und weißt schon alles?"

„Hallo. Ja, wir …"

„So, dann will ich jetzt meine Smaragdkette wiederhaben", unterbrach sie brüsk. „Ich erwarte, dass du mich dabei unterstützt – zur Not auch mithilfe der Wollhaufen dort", sie deutete zum Bürzel-Buddy-Regal. Die kleinen Racker, die zuvor ihren Kumpel Swifty umringt hatten, zuckten unwillkürlich zusammen.

Ich stutzte und sah sie fragend an: „Offenbar hast du eine Idee in petto. Bevor ich irgendetwas verspreche, will ich erst wissen, welche Rolle du mir und den Bürzels zugedacht hast", entgegnete ich skeptisch.

„Wir müssen irgendwie an diese fünftausend Euro kommen, um die Schmuckstücke für mich und deine Mutter auszulösen. Kennst du jemanden, der uns das Geld … äh, *dir* das Geld … leihen könnte? Nein? Hast du selber Geld? Nein? Also, was willst du machen?"

„Keine Ahnung, habe noch nicht drüber nachgedacht. Die Polizei wird uns wohl nicht unterstützen, hm?"

Dietlinde schüttelte den Kopf.

„Klar. Torfköppe eben", brummte ich.

„Und sonst? Der Doc vielleicht?"

„Nein! Ich werde ihn nicht darum bitten", erwiderte ich entschieden und setzte mich.

„Warum nicht? Habt ihr euch gestritten?" Dietlinde unterstellte mir ständig, allen Zeitgenossen auf den Wecker gefallen zu sein, indem ich nur noch Enten-Geschichten verbreitete.

„Freundschaften darf man nicht mit Geldangelegenheiten belasten", klärte ich sie auf. „Das ist langfristig schädlich und bringt nur Zwistigkeiten. Es kommt überhaupt nicht in Frage, dass ich vom Doc Geld annehme." In dieser Sache gab es für mich keine Diskussion. Außerdem waren wir tatsächlich diesmal nicht sehr freundschaftlich auseinandergegangen, was mir sehr leidtat.

„Okay, Charly. Dann will ich jetzt einen Alternativvorschlag von dir hören." Dietlinde versuchte, Druck aufzubauen: „Also, bitte…?"

Ich schwieg.

„Wie gut, dass es *mich* gibt. Ich habe nämlich schon einen Plan, und den wirst du jetzt nicht mit den üblichen Miesepetrigkeiten ablehnen", drohend beugte sie sich über die Stuhllehne, stützte sich auf der Tischplatte ab und sah auf mich herunter.

„Ich habe mit deiner Versicherung gesprochen. Dieser Herr Sokrates hat sich bereiterklärt …"

„Herr So-ko-la-tes", unterbrach ich sie genervt.

„Egal, hör jetzt zu! Also, dieser Herr wird dir dreitausend Euro als Akonto-Zahlung gewähren. Die übrigen zweitausend Euro kannst du durch Auslutschen deiner Kreditkarte und Überziehung vom Girokonto zusammenkratzen."

Ich glotzte sie ungläubig an: „Woher weißt du …"

„Ruhe! Hör endlich zu! Wir legen das Geld genauso ins Paket wie von den Erpressern gefordert – allerdings muss Swifty dann auch wieder dazu."

Jetzt platzte mir der Kragen: „Spinnst du komplett? Swifty? Niemals! Meinetwegen verpfände auch noch mein letztes Hemd, aber Swifty bleibt hier!" Der kleine Bürzel-Buddy war immer noch ganz schmuddelig von seiner Gefangenschaft und zitterte bereits bei dem Gedanken daran, wieder von seinen Artgenossen getrennt zu werden. Wie konnte seine Mutter nur so etwas in Erwägung ziehen.

„Meine Güte, jetzt reg dich nicht so auf, es sind nur Häkelviecher. Die kann man ersetzen. Außerdem gibt es vielleicht eine Chance, Swifty zurückzubekommen. Pass auf, jetzt bist *du* gefragt."

Dietlinde setzte sich auf den Stuhl und sah mich verschwörerisch an.

„Könnte man Swifty nicht vielleicht mit einem Sender oder sowas ausstatten? Ich meine, ich könnte doch etwas Elektronisches in seinen Körper reinhäkeln, überleg mal!"

Ich war baff. Dietlinde hatte zum ersten Mal so etwas wie einen Plan. Bisher gab es in ihrem Leben nur Improvisation, Spontaneität und akuten Stress – nun also eine neue Facette ihrer Persönlichkeit. Die Buddies und ich staunten.

„Sieh an, du hast ja direkt eine Inspiration. Lass mich überlegen … ja, das könnte vielleicht funktionieren. Ich müsste allerdings das Problem mit der Energiequelle lösen. Hmm … es ist ein bisschen Recherche nötig", überlegte ich laut, „aber eins kann ich dir gleich sagen: Swifty wird nicht in Gefahr gebracht. Er bleibt hier, basta!" Auf dem Regal sah ich den kleinen Racker regelrecht aufatmen.

„Dann eben nicht. Mach einen besseren Vorschlag. Ich muss jetzt rüber zu Frau Kunze. Wir haben noch die Sommer-Woll-Kollektion zu besprechen." Dietlinde kramte eilig ein paar Sachen zusammen und machte sich auf den Weg, die Bürzels und mich einigermaßen problembeladen zurücklassend.

Während ich mein Reisegepäck zurück in die Schränke räumte, arbeitete mein Kopf an einer adäquaten Lösung für einen Spion im Bürzel-Buddy-Gewand. Die Wollfreunde steuerten auch ein paar Vorschläge bei, die aber nicht wirklich hilfreich waren. Durch Nils' Idee, einen Buddy aus Stahlwolle einzuschleusen, dem keiner etwas anhaben kann, kam mir dann aber doch ein interessanter Gedanke. Was wir brauchten, war ein heldenhafter Artgenosse, der großes Ansehen genoss und von Kinderkriminellen heiß begehrt war, sozusagen ein „Bond der Bürzel". Brunhilde fand das zwar lächerlich, wurde aber von Bernadette getadelt unter Bezugnahme auf deren eigene schäbige Statur, die sicherlich keinerlei Idolfunktion erfüllen könnte. Piek dagegen war voll des Lobes und bot sich als Protagonistin an, gänzlich überzeugt, sie könne diese Aufgabe ausfüllen, trotz ungeeigneter farblicher Zeichnung ihres Wollkleids.

Swifty saß am Rand und wurde immer besorgter.

Schließlich löste Hope die Spannung auf und fantasierte, es müsse ein völlig neues Bürzel-Buddy-Exemplar geboren werden; Mama solle doch eine neue Ente schaffen, genauso eine wie sie, nur mit allen Talenten auf einmal.

Alle saßen schweigend im Kreis. Insgeheim wusste jeder Buddy, dass Hope einen wunden Punkt getroffen hatte und keiner von ihnen für den Agenten-Job geeignet war.

Am späten Abend war es beschlossene Sache: Man würde einen Roboter-Bürzel-Buddy entwickeln: außen weich und wollig, innen viel Elektronik. Eben einen Buddy auf Bestellung, eine Ente à la carte.

Ich machte mich sogleich an die Arbeit, bastelte, bestellte Zubehörteile, telefonierte. Irgendwann kam Dietlinde von ihrer Konferenz zurück; wir beachteten einander nicht weiter. Sie schnarchte bereits leise in ihrem Schlafgemach auf der Empore, während ich noch immer lötete, schraubte, programmierte.

Am frühen Morgen gegen fünf Uhr hatte ich den Prototyp fertigkonstruiert. Müde, wie noch nie im Leben, schaffte ich es gerade noch auf die Couch und schlief binnen Sekundenbruchteilen ein. Es war ein erfolgreicher Tag gewesen. Seit Langem hatte ich mich nicht mehr so gut gefühlt. Morgen würde ich meine Freundschaft mit dem Doc wieder einrenken.

25. GEGENOFFENSIVE

Die Sache nimmt Gestalt an! Meine Clique rüstet zum Gegenangriff
– und es findet sich überraschend kompetente Verstärkung.

Die Idee mit dem elektronischen Bürzel-Spion gefiel mir immer besser, nicht zuletzt deshalb, weil nicht die Gefahr bestand, dass jemand zu Schaden kommen könnte, höchstens ein seelenloses Wesen. Nachdem ich alle Details der Konstruktion noch einmal durchgegangen war und sichergestellt hatte, dass letzte benötigte Bauteile bereits auf dem Versandweg zu mir waren, fuhr ich zu KREATIV-KUNZE, um mit Dietlinde passende Wolle für eine makellose äußere Erscheinung der Agenten-Ente auszusuchen. Wie nicht anders zu erwarten war, sträubte sie sich zunächst, vor allen Dingen wegen der knappen verbleibenden Zeit.

„Wie soll das denn gehen? Die Geldübergabe findet doch schon Morgenmittag statt. Bis dahin kann ich keinen perfekten Entenkörper häkeln. Zeitdruck ist Gift für künstlerische Arbeit", lamentierte sie nun schon zum zweiten Mal, während wir die Regale nach edler schwarz-weißer Wolle durchkämmten.

„Es bleibt genügend Zeit. Du musst eben abends mal etwas länger handarbeiten, und nicht bereits bei Einbruch der Dunkelheit Maulsperre vom Gähnen kriegen. Wer morgens unnötigerweise mit den Hühnern aufsteht, muss sich nicht wundern, wenn er abends schon während der Tagesschau kollabiert. Für heute ist Fernsehen gestrichen. Du häkelst, komme was wolle."

Endlich konnte ich ihr mal richtig die Meinung zwitschern, hinsichtlich ihres widernatürlichen Tagesablaufs. Ich strotzte vor Selbstbewusstsein.

„Warum muss es denn unbedingt schwarze und weiße Wolle sein? Davon haben wir wenig Auswahl. Die ist gerade nicht *in*." Dietlinde suchte nach weiteren Argumenten, um mein Anliegen unmöglich zu machen, aber damit konnte sie heute nicht punkten.

„Das habe ich dir doch schon erklärt: Was wir brauchen, ist ein echter Top-Spion – mit Stil und Weltklasseformat. So einen wie James Bond. Was ist wohl sein übliches Outfit? Na, klingelt es?" Ich tippte mir an die Schläfe und sah sie herausfordernd an.

„Jaja, Smoking. Schwarz und weiß, schon kapiert. Womöglich noch ein heimliches Schießeisen unter der Wolle. Du spinnst doch. Warum können wir nicht einfach einen der fertigen Buddies nehmen? Da gibt es auch andere sehr schöne Exemplare. Zum Beispiel ..."

„Kommt nicht in Frage! Nichts weniger als die perfekte Ente ist nötig, diese Aufgabe zu meistern. Du willst doch deine Kette zurückbekommen, oder nicht? Der Buddy muss unwiderstehlich und einzigartig werden, geradezu grandios, erlesen – ein Prachtexemplar eben", schwärmte ich.

Dietlinde seufzte und murmelte etwas Bösartiges in sich hinein, aber letztlich gab sie klein bei und wählte ein paar passende Knäuel Wolle. Auch wenn ich mir anhand des sauber aufgewickelten Garns gar nicht vorstellen konnte, dass einmal ein Entenkörper daraus entstehen könnte, war ich bereits gespannt auf das Ergebnis. Tatsächlich arbeitet sie dann noch bis spät in die Nacht an der Fabrikation dieses besonderen Tierchens. Am frühen Morgen, der Mond stand noch am Himmel, gelangten die halbfertigen Körperteile in meine Obhut zwecks Einbau der technischen Ausstattung, sowie einer ersten Funktionsprüfung. Es ging gut voran.

Während Dietlinde letzte Hand anlegte und den Kopf auf dem Rumpf befestigte, eilte ich zur Bank, um das geforderte Bargeld abzuholen. Zu meiner Enttäuschung erhielt ich keinen Aktenkoffer voller Scheine, wie in meiner Fantasie ausgemalt, sondern lediglich einen kleinen weißen Umschlag. Es war nicht einmal ein Bankmitarbeiter zur Stelle, der mir einen prüfenden Blick zuwarf oder argwöhnische Fragen stellte. Stattdessen sollte ich das Geld einfach aus dem Automaten leiern, so als wäre es ein ganz normaler Einkaufstag.

Ich war enorm angespannt und wunderte mich, dass bisher alles so reibungslos geklappt hatte. Schließlich vibrierte mein Handy in der Jackentasche und ich dachte zuerst, damit wäre es nun vorbei mit der glücklichen Phase. Aber dann:

„Hi Brüderchen, mal wieder schlechtes Karma bei dir?" Ich hörte die vertraute Stimme einer meiner Brüder. Er und sein Zwilling arbeiten als Wirtschaftsanwälte auf internationaler Ebene und scheinen sehr gefragt zu sein. Sie fliegen ständig durch die ganze Welt und lassen sich nur noch selten in unserem kleinen badischen Städtchen sehen. Ich glaube, es ist ihnen hier einfach zu spießbürgerlich, vielleicht ist ihnen die Nähe zu unserer Mutter auch einfach zu anstrengend. Was Crescentia nicht weiß ist, dass ihre Zwillingssöhne einen Haufen Mandanten aus dem kriminellen Milieu vertreten und bisweilen auch in mafiösen Familien ein- und ausgehen. Das würde die alte Dame nicht hinnehmen wollen und alles daransetzen, ihre Söhne auf den rechten Pfad zurückzubringen, jedenfalls, was sie darunter verstand. Ich für meinen Teil hatte meine eigenen Lebensthemen und hielt mich aus den Machenschaften meiner Brüder heraus. Im Laufe der Jahre hatten wir uns entfremdet, ohne konkreten Anlass. Sie kamen einfach nicht mehr in meinem Alltag vor, existierten nur noch als Adressaten für Geburtstags- und Weihnachtsgrüße.

Umso mehr verwunderte mich dieser Anruf.

„Mensch, Max, lange nichts gehört. Bei mir wurde eingebrochen. Lange Geschichte. Aber woher weißt du das?"

„Die Welt ist klein, mein Brüderchen. Du sollst am Flughafen einen Safety-Check aufgemischt haben. Aufgrund unserer Namensgleichheit wurde ich dort gestern derart in die Mangel genommen, dass ich mal recherchieren ließ, woher der Wind weht. Tja, da kamen ganz schöne Spinnereien zutage. Undercover-Einsatz, Kuscheltiere und so ein Zeug. Was ist denn bloß los?" Max hörte sich belustigt aber auch besorgt an. Mit dem exklusiven Namen derer von Calden-Cronfeld kann man sich offenbar keine Aufreger erlauben, ohne unkontrollierbare Konsequenzen auszulösen.

Ich hielt inne, warf einen Blick auf meine überdimensionale Armbanduhr, das unverzichtbare Teil für jeden Survival-Trip, und entschied, dass noch ausreichend Zeit blieb bis zur Geldübergabe. Ich lehnte mich rückwärts an eine verblichene Bank und erzählte ihm in knappen Worten von den Ereignissen der vergangenen Tage. Meine tiefen Sorgen um die Bürzel-Freunde verschwieg ich lieber und lenkte den Fokus auf die entwendeten Schmuckstücke.

Max hörte aufmerksam zu und stellte dann ein paar wohl formulierte Fragen, man merkte, dass er als Anwalt viel Erfahrung mit der Sammlung sachdienlicher Informationen hatte. Schließlich bot er an, ein paar Anrufe bei ominösen Kontaktpersonen zu machen, um mehr über die missratenen Klunkerkids herauszufinden. Er könne zwar nichts versprechen, glaube aber, dass etwas Unterstützung von zweiter Seite durchaus hilfreich sein würde, um die verschollenen Schmuckstucke aufzutreiben. Ich bedankte mich artig und freute mich über seine Anteilnahme, traute mich aber nicht zu hoffen, dass er es ernst meinte. Seit unserer Kindheit hatte ich oft erlebt, wie unzuverlässig meine Brüder waren und jeden im Stich ließen, der nicht unmittelbar ihren Zwecken dienlich schien. Aus reiner Nächstenliebe hatten die noch nie etwas unternommen.

26. MEISTERHAFT AUSGEKLÜGELT

Der Erfolg eines Projekts hängt von den Details ab, wie man weiß.
Operation Duck-Tales rüstet zur großen Schlacht.
Werden sich die vielen Vorbereitungen auszahlen?

Nach der Rückkehr in mein Loft hatte ich das Telefonat mit Max schon wieder vergessen. Die Geldübergabe stand bevor, und ich konnte an nichts anderes mehr denken. Meine Nervosität steigerte sich von Minute zu Minute. Hatte ich auch nichts übersehen? Was könnte schiefgehen? Ich versuchte mich zu konzentrieren, indem ich mir einredete, es sei nur der Glitzer-Tand alter Frauen, um den es ging, nicht um eine arme Entenseele. Nachdenklich öffnete ich die Haustür, hörte Stimmen und erkannte sofort eine Neuerung in meiner Wohnung.

Mitten auf dem Küchentisch prangte der eindrucksvollste Bürzel-Buddy, den man sich vorstellen kann. Dietlinde hatte ihn also tatsächlich rechtzeitig fertiggestellt. Sie saß auf dem Sofa und schaute mir zufrieden entgegen. Ich salutierte respektvoll und nickte ihr zu.

Der Buddy war größer und stattlicher als Pook. Seine Körperwolle schimmerte in schwarzen Nuancen scharf konturiert gegen den formvollendeten weißen Kopf und das buschige Bürzelschwänzchen. Ein schmaler schwarzer Gesichtskranz korrespondierte mit glänzenden Knopfaugen. Die Kugelfüße in silberweißem Glitzergarn waren schon ein Hingucker, aber den absoluten Knaller stellte die rote Rose am Revers da. Ich war hin und weg vor Entzücken. So musste ein Doppel-Null-Bürzel-Spion aussehen, eben Jimmy.

Zwischenzeitlich hatten sich die Mitglieder unserer Taskforce in meinem Wohnzimmer versammelt: der Doc hatte sich auf meinem

Schreibtischstuhl niedergelassen und wippte unruhig mit dem linken Bein, das kleine Gespenst Rebecca saß etwas verschämt am Sofaende neben Dietlinde. Sie hatte eine neue Frisur, kurzhaarig und rot gefärbt, eine Folge ihres spontanen Fluchtversuchs von neulich, als Dietlinde noch nicht im Bilde war, was gerade abging — und Rebecca im Frisörsalon neben der Polizeistation Unterschlupf suchen musste. Rebecca sah deutlich interessanter aus als früher und war eigentlich gar kein Gespenst mehr.

Kalle und Pook hockten ganz vorn im Regal und schienen jeden Moment zum Couchtisch herüberhüpfen zu wollen. Die Stimmung war angespannt, aber mit Tatendrang aufgeladen.

„Na, endlich, Charly. Wo bleibst du denn? Du hast ja vielleicht Nerven, uns hier warten zu lassen", beschwerte sich der Doc.

„Sorry, es ging nicht schneller. Ich musste erst noch das Geld holen und habe auch noch einen Anruf bekommen. Hätte ja sein können, dass es die Diebesbande ist", rechtfertigte ich mich.

Daraufhin Dietlinde: „Hast du alles? Hier ist noch die Plastiktüte aus unserem Laden, die du mitnehmen sollst." Sie reichte mir einen gelben Beutel.

„So, jetzt wird es ernst. Das kleine Ge… äh, Rebecca, bringt dich zum Bahnhof. Wir anderen warten hier und halten die Stellung."

„Wieso Rebecca? Sie könnte in Gefahr geraten", wandte ich ein.

„Mich kennt kaum jemand. Ihr anderen wart alle schon mal in dieser Wohnung und seid dementsprechend von den Entführern beobachtet worden. Außerdem habe ich durch mein Praktikum bei der Polizei einiges über das Beschatten von Gesindel gelernt", meldete sich Rebecca zu Wort und zeigte nicht zum ersten Mal Scharfsinn.

Kalle wollte auch helfen: „Ha-habt ihr die Nummern der Geldscheine abgeschrieben? Man weiß ja nie, o-ob das mal von Bedeutung s-sein kann."

„Gute Idee, Kalle!" Allgemein herrschte Bewunderung für den kleinen Kerl.

Pook, der Clanmeister, hatte das Gespräch bisher still verfolgt und kam nun langsam aus der Deckung. Er empfahl, ein Gruppenfoto aller Bürzel-Buddies mit Jimmy, dem Roboter, um einen Beweis zur Hand zu haben, dass es sich um einen *echten* Buddy handelte. Auf diese Weise könne man von Anfang an Authentizität vorgaukeln und vom Abhör-Mechanismus, der im Körper des „Neuen" schlummerte, ablenken.

Auch dieser Vorschlag wurde allgemein freudig aufgenommen und sogleich umgesetzt. Ich knipste noch schnell ein Foto von allen Bürzel-Freunden mit Jimmy in der Mitte, druckte es flux aus und legte es in die Schachtel mit den Geldscheinen. Dann bettete ich Jimmy darauf. Die Box wurde geschlossen und in der besagten gelben Plastiktüte versenkt.

Schließlich fummelte ich mein Handy aus der Hosentasche und machte noch einen Testdurchlauf der Technik im Innern des Buddies. Dann zog ich mir bequeme Laufschuhe an, schnappte mir die Tüte und wartete sozusagen gestiefelt und gespornt auf den Anruf der Kriminellen, der mir den Ort der Übergabe bekanntgeben sollte.

Meine Freunde rutschten unruhig auf ihren Sitzen hin und her. Hin und wieder flüsterte jemand etwas in die Stille hinein, um ja nicht den Anruf zu überhören. Der Doc nippte an seinem Flachmann.

12 Uhr! Noch kein Anruf.

5 nach 12! Immer noch nicht.

Rrrrt-Rrrrt … der Vibrationsalarm meines Handys durchbrach die Anspannung.

Alle, Mensch und Ente, schossen kollektiv in die Höhe und starrten mit aufgerissenen Augen auf das Telefon. Mist, ich hatte vergessen, den Ton wieder anzuschalten, nach meinem Termin in der Bank.

„Charly hier! … wer spricht dort? … ICE was? … Ja, jetzt gleich. Ich verstehe … Natürlich keine Polente … okay", stammelte ich und kratzte mich mit der rechten Hand an meiner Schläfe. Als ich das Handy sinken ließ, wurde ich von sämtlichen Augenpaaren geradezu durchbohrt.

„Wer war denn dran? Mit dem *Zug* sollst du fahren?" Dietlinde hatte als Erste zu Worten gefunden.

„Es war eine verfremdete Stimme. Keine Ahnung, wer. Aber ich soll den ICE 174 nehmen. Weitere Anweisung würde ich dann erhalten", brabbelte ich mehr zu mir selbst und war schon unterwegs Richtung Haustür. Mit Rebecca im Gefolge stürmte ich zum Auto und sauste hochtourig davon, die anderen entgeistert im Türrahmen zurücklassend.

„Wenn das nur gut geht", orakelte die kleine Hope und schüttelte ihre grünen Wollfäden, doch sie kassierte wütende Blicke der übrigen Bürzels.

„Es wird!", entgegneten Brunhilde und Bernadette im Chor.

27. GAME OVER

Wohin führt die anonyme Stimme?
Ein perfider Coup bedient sich meiner als Spielfigur.

Rebecca versuchte, mir Mut zuzusprechen. Dieses Unterfangen sei zwar keine Kleinigkeit, sonst wäre die Diebesbande längst gefasst worden. Aber es gebe eine Menge Leute, die das Pack gern hinter Schloss und Riegel sehen würden. Inzwischen sei von privater Seite eine Belohnung für die Ergreifung der Drahtzieher ausgesetzt worden; sie habe bei ihren Polizei-Kollegen angeregt, diese Summe nochmal aufzustocken, wenn zumindest ein Teil der Beute ihren rechtmäßigen Eigentümern zurückgegeben werden könnte. Ich hörte ihr kaum zu, denn mein Lampenfieber ließ nur noch eingeschränkte Denkfähigkeit zu. Für mich war nur wichtig, diese Übergabe sauber über die Bühne zu bringen und nicht gleich mit unserem Undercover-Bürzel-Buddy aufzufliegen. Wenigstens einen kleinen Schritt wollte ich weiter vorankommen als die stumpfsinnigen Polizisten Rotzenmotz und Tüpfelhoser, die mich von Anfang an veralbert und diskreditiert hatten.

Der Zug lief pünktlich in den Bahnhof ein – keine Selbstverständlichkeit der Deutschen Bahn – vielmehr Zufall. Ich nahm es als gutes Omen auf.

Rebecca hatte sich in einiger Entfernung am Bahnsteig postiert und zur Tarnung einen riesengroßen prall gefüllten Rucksack auf den Rücken geschnallt, dem ihre schmächtige Statur so gar nicht gewachsen war und sie zur Haltung eines Galeerensklaven zwang, während ich gemäß der telefonischen Anordnung mit meiner kleinen gelben Tüte am Wagen 9 einsteigen sollte. Das war der Bistrowaggon.

Vor der Zugtür drängelte sich eine gehörige Menschenmenge, obwohl alle genau wussten, dass man ohne Sitzplatzreservierung sowieso kaum eine Chance hatte, seinen Allerwertesten in die grau gefleckten Polster zu drücken. Im Bistrowagen war es auch schon voll, aber ich fand noch einen Stehplatz am Tisch. Die gelbe Plastiktüte mit der wertvollen Fracht baumelte an meinem linken Unterarm, genau wie angegeben. Ich fühlte mich wie ein Schmuggler mit heißer Ware, jedenfalls dachte ich, dass dieser Beruf vergleichbare Gemütszustände mit sich bringen würde.

Mittels einer kleinen Kamera, die ich am Rahmen meiner Brille befestigt hatte, konnte Rebecca über eine App ihres Smartphones sehen, was ich sah und hören, was ich hörte. Ich war mächtig stolz auf diese hochmoderne Überwachungstechnik, die völlig ohne Mobilfunknetz auskam und nicht durch Störgeräte unterbrochen werden konnte. Selbiges System befand sich auch im Körper von Jimmy, allerdings getarnt als Kugelfüßchen. Ich hatte die Erfindung einem Hobby-Tüftler abgeluchst, der seine Brötchen mit unterhaltsamen Trauerreden auf Beerdigungen verdiente, aber insgeheim Legastheniker war und im Gegenzug von mir Unterricht im Schreiben bekommen hatte.

Unschlüssig stand ich am Bistrotisch und wusste nicht, wie es weiterging. Hoffentlich kam bald weitere Nachricht von dem Banditenpack. Es wurmte mich, derart ausgeliefert zu sein und nicht zu wissen, wie mir geschehen sollte. Der Zug fuhr los.

Ach, du Schreck! Ich hatte ja gar keine Fahrkarte! Zur allgemeinen Tristesse gesellte sich jetzt auch noch die Panik der Kleinkriminalität hinzu. Ich versuchte, meinem Nervenkostüm einen Mantel aus Teflon überzustülpen, schließlich ging es um Größeres.

Erst nach der nächsten Haltestelle surrte mein Handy. Es war eine SMS angekommen, die mich anwies, mich auf Platz 72 im Wagen 10 niederzulassen und dafür zu sorgen, dass der Sitz neben mir frei blieb. Das kann ja heiter werden, dachte ich angesichts der Vollheit im Zug, währen ich mich durch den belagerten Gang quetschte. Tatsächlich war die genannte Sitzbank unbesetzt, und ich konnte mich niederlassen wie geheißen. Diesmal brauchte ich nicht lange zu warten, bis eine erneute SMS eintraf. Mir wurde befohlen, unter den Fensterplatz zu greifen, die dort gelagerte Tasche zu öffnen und den Inhalt an mich zu nehmen. Meine gelbe Tüte sollte ich dann in der leeren Tasche verstauen und das ganze Bündel wieder an den alten Platz zurückbefördern. Überrascht stellte ich fest, dass in der schwarzen Tasche die gleiche gelbe Plastiktüte enthalten war, wie ich sie mitgebracht hatte. Offenbar hatten die verkommenen Subjekte schon mal bei KREATIV-KUNZE eingekauft und dabei diese Tragetasche erstanden. Womöglich kannte Dietlinde die Banditen sogar, hatte sie vielleicht schon mal beraten? Unerträglicher Gedanke.

Ich nahm den Austausch der Tüten vor. Noch ein letzter Gruß an Jimmy und die Sache war erledigt. Es wurde auch Zeit, denn am Ende des Ganges meinte ich die Uniform eines Schaffners zu erkennen, der sich mühevoll, aber unaufhaltsam seinen Weg durch den vollgestellten Gang bahnte.

Dann, kurz vor der nächsten Haltestelle, bekam ich endlich die Anweisung: sofort aussteigen und die ausgewechselte gelbe Tüte mitnehmen, was ich dann auch tat. Hoffentlich hatte Rebecca alles verfolgen können und nun die Chance, einen Blick auf denjenigen zu werfen, der die schwarze Tasche unter der Sitzbank hervorkramte … und hoffentlich hatte sie einen Fahrschein.

Wie ein begossener Pudel stand ich am Bahnsteig, als der Zug sich wieder in Bewegung setzte. Jetzt hatte die gewiefte Bande nicht nur Crescentias Diadem und Dietlindes Smaragdkette erbeutet, sondern auch noch das fette Lösegeld abgestaubt, weswegen man mich wahlweise als blöd, naiv oder irre hätte bezeichnen können. Dennoch war ich mir meiner Verpflichtung bewusst, nichts unversucht zu lassen, den Damen ihr Geschmeide zurückzuerobern. Zumindest war ich jetzt genauso materiell geschädigt wie sie. Auf der Suche nach einem funktionierenden Fahrkartenautomaten macht man sich eben so seine Gedanken.

Es dauerte ein paar Stunden, bis ich wieder vor meiner Haustür ankam. Das kleine Gespenst war bestimmt noch unterwegs – sie hatte ja eine weitere Rückreise, da sie noch länger im ICE geblieben war und mit dem schweren Rucksack ohnehin nur eingeschränkt zur Eile fähig war. Der Doc war zwischenzeitlich auch zum Dienst aufgebrochen, hatte mich aber bereits telefonisch informiert, dass Jimmy gut funktioniere und ständig Signale funke. Offenbar wurde das Paket zunächst in ein Wohngebiet am Standrand verfrachtet, aktuell war jedoch keine Bewegung zu verzeichnen.

28. IN DIE ENGE GETRIEBEN

Wieder überschlagen sich die Ereignisse.
Umdisponieren und Improvisieren ist nicht jedermanns Sache,
aber mit Bürzel-Buddies im Lebensgepäck sollte man es lieben lernen.

Mit gemischten Gefühlen und ermattet von dem nervenaufreibenden Trip öffnete ich die Haustür und wurde sofort von Dietlinde in die Mangel genommen:

„Du kommst allein? Wo ist Rebecca? Was hast du jetzt schon wieder angestellt?"

Ich war baff. Eigentlich hatte ich einen warmen Empfang mit Kaffee und Kuchen erwartet, vielleicht sogar ein Gläschen Eierlikör, nachdem ich mich doch heldenmutig für ihr Geschmeide eingesetzt hatte. Aber ich musste wohl wieder als Sündenbock für irgendetwas herhalten, wofür ich nichts konnte.

Sie deutete auf den Fernsehbildschirm, auf dem offenbar eine Nachrichten-Sondersendung ausgestrahlt wurde, denn am unteren Bildrand lief ein Text vorbei:

Eilmeldung! ICE auf offener Strecke nahe Heidelberg gekapert! Junge Frau festgenommen.

Mir fiel die Kinnlade runter.

Man konnte den weißen Zug vor einem Waldgebiet stehen sehen, umringt von Menschen, Polizeieinsatzfahrzeugen und Reportern. Oben kreiste ein Hubschrauber. Was war passiert? Ich nahm die Fernbedienung und hämmerte auf die Lautstärketaste. Eine Reporterstimme dröhnte aus dem Off:

„... aus ungeklärten Gründen angehalten. Man geht von unbefugter Benutzung der Notbremse aus. Die Polizei hat eine junge Frau in Gewahrsam genommen, die angeblich die Nothalt-Taste betätigt haben soll, woraufhin der Zugführer gezwungen war, eine Vollbremsung auszulösen. Derzeit wird gemunkelt, dass diese Aktion Teil eines Raubüberfallkommandos hätte sein sollen. Jedenfalls wurden mehrere Menschen unkontrolliert durch die Gänge geschleudert und erlitten Verletzungen. Ein Mann wird derzeit für den Transport ins Krankenhaus vorbereitet ..."

„Um Gottes willen, das ist ja unser Zug", entfuhr es mir, „das alles muss passiert sein, nachdem ich bereits ausgestiegen war, aber Rebecca ist noch dringeblieben, denn sie wollte die Abholung des Lösegeldes überwachen. Ob sie es war, die den Zug angehalten hat?"

Dietlinde stemmte die Hände in die Hüften und wetterte los: „Ach ja, du weißt natürlich wieder von gar nichts. Wie kannst du das Mädchen so in Gefahr bringen? Sieh mal, da ist sie ja. Unverantwortlich von dir!"

Tatsächlich konnte man in der Ferne das kleine Gespenst an seinem bombastischen Rucksack und der Arbeitslager-Sklavenhaltung erkennen.

„Ich habe keine Ahnung, was da los ist. Das mit dem Überfall ist doch Quatsch, aber immerhin scheint ihr nichts passiert zu sein, sonst hätte ..."

„Nichts passiert? Das nennst du nichts passiert?" Dietlinde war große Klasse darin, sich zu echauffieren. Sie griff nach dem Telefon und drückte es mir in die Hand.

„Hier! Ruf bei der Polizei an und klär das!"

„Auf keinen Fall. Wir gefährden die ganze Mission. Jetzt gilt es, Ruhe zu bewahren und den richtigen Moment für den Zugriff abzuwarten. Die Bullen buchten mich womöglich auch noch ein – und dann siehst du deine Kronjuwelen nie wieder. Rebecca wird schon nicht gleich auf dem Schafott landen", tönte ich im Brustton der Überzeugung.

Dietlinde seufzte.

„Ha! Da sind ja auch unsere genialen Ermittler", unkte ich, während Rotzenmotz und Tüpfelhoser – wie üblich im Doppelpack – auf das kleine Gespenst zutraten. Man konnte die Überraschung in ihren Gesichtern trotz der ruckelnden Handkamera erkennen. Sogar der Müller-Bulle huschte durchs Bild.

„Ohh, die arme Rebecca. Was die Leute jetzt über sie denken müssen … nein, oh, nein … was macht sie denn da?"

Dietlinde schlug die Hände über dem Kopf zusammen – und sie hatte allen Grund dazu. Rebecca griff in ihre Jackentasche und hielt den Polizeibeamten etwas entgegen. Ich erkannte sofort, was es war: unser Bürzel-Buddy Nils. Mein Seitenblick zum Regal bestätigte, dass Nils tatsächlich abwesend war, die Lücke zwischen Swifty und Pook war unübersehbar. Rebecca musste ihn heimlich mitgenommen haben, quasi als mentale Unterstützung für die heikle Lösegeldübergabe. Ich konnte sie verstehen.

Leider hatten die beiden Kriminalisten immer noch keinen Sinn dafür, schnappten nach Nils und führten das kleine Gespenst mit einem festen Griff am Oberarm ab.

„Charly, tu etwas! SOFORT!", schrillte die Stimme meiner Mitbewohnerin.

Mir fiel nichts Besseres ein, als erst mal den Doc anzurufen. Immer, wenn ich unter Druck gewesen war, hatte mir das weitergeholfen. Er war gerade in Patientengesprächen und konnte nicht sofort ans Telefon gehen, doch die zwanzig Minuten, bis er die Zeit fand zurückzurufen, wusste Dietlinde zur Hölle werden zu lassen.

Meine Stimme überschlug sich, die Worte sprudelten hastig aus mir raus, aber der Doc kannte das schon. „Was machen wir jetzt?", schallte die Frage des Tages durch die Leitung.

„Erst mal rausfinden, was wirklich passiert ist, Charly. Das kleine Gespenst ist eine kluge junge Frau. Sie wird wissen, was zu tun ist – schließlich ist sie eine hoch geschätzte Kollegin der Polizeikom…"

„Du meinst die Torfköppe, Doc. Die sind imstande und nehmen Rebecca ins Kreuzverhör, während sie zusehen muss, wie Nils gequält wird. Nein, wir können das nicht riskieren. Wir müssen die beiden befreien – auch wenn wir dadurch das Geld und den Schmuck abschreiben können", unterbrach ich meinen Freund ungeduldig.

„Dir geht es doch in erster Linie um deinen Bürzel-Buddy Nils, gib es zu!"

Schweigen.

Er fuhr fort: „Also gut, ich kann mich in zwei Stunden hier loseisen. Vorher sind Rotzenmotz und Tüpfelhoser sowieso nicht zurück im Büro. Wir treffen uns auf dem Polizeiparkplatz. Du kannst dir schon mal überlegen, wie du Dietlinde und deiner Mutter erklären willst, dass du die Mission zur Wiederbeschaffung ihres Schmucks wegen einer Häkelente abgeblasen hast. Ich kann nicht ständig für dich die Kohlen aus dem Feuer holen. Der Erfolg meiner Therapien hat auch Grenzen, Charly."

„Behältst du Crescentia noch eine Weile?"

„Ja, mache ich. Aber du musst auf deine Mutter zugehen."

„Familienaufstellung oder was?"

Der Doc hatte vor einiger Zeit angeregt, dass ich diese Therapiemethode ins Auge fassen sollte, was ich rundheraus abgelehnt hatte, und zwar unter dem Hinweis darauf, dass danach auch keiner neu geboren werden wird.

„Das wäre eine Möglichkeit, ja. Bis später, Kumpel." Er legte auf.

29. REINER WEIN

Der Zusammenhalt unserer Gruppe ist eine wackelige Angelegenheit,
aber unbedingte Voraussetzung, damit die Mission nicht scheitert.
Schaffen wir das?

Da waren wir also versammelt: der Doc, Dietlinde, ich, Kalle und
Pook. Nur Rebecca fehlte zur Vervollständigung der Taskforce Duck-
Tales. Nachdem wir uns ein paar Minuten auf dem Polizeiparkplatz
beratschlagt hatte, beschlossen wir, gegenüber den Kommissaren mit
der Wahrheit so peu à peu herauszurücken, insbesondere auch
deshalb, um Rebecca nicht versehentlich in noch größere
Schwierigkeiten zu bringen. Wir wussten ja nicht, welche Geschichte
sie ihren Polizei-Kollegen aufgetischt hatte.

Im Präsidium herrschte ungewohnte Geschäftigkeit. Jeder der hier
stationierten Mitarbeiter wirkte gestresst, und alle schienen gerade mit
irgendetwas wichtigem beschäftigt zu sein. Sogar Tüpfelhoser tippte
auf seinen schmuddeligen Computer ein und ließ dafür einen
angebissenen Schokowuppi links liegen. Der Müller-Bulle sah uns
kommen, warf seinem Chef einen vielsagenden Blick zu und
verschwand dann hinter einem Stahlschrank. Rotzenmotz befand sich
gerade im Gespräch mit einem leicht verschrammten Opfer des
vermeintlichen Anschlags auf die Bahn. Unsere kleine Gruppe schien
ihnen gerade noch gefehlt zu haben.

„Die Tatsache, dass ich euch erwartet habe, heißt nicht, dass es mich
freut, euch zu sehen", murrte Rotzenmotz mit grimmiger Mine.

Meine Reaktion war aber auch nicht von Pappe: „Je mehr Sie mich
zu ignorieren versuchen, desto öfter werde ich auf der Bildfläche

erscheinen – insbesondere bei Verdacht auf totale Ahnungslosigkeit",
knurrte ich und hielt seinem Blick stand.

Der Doc versuchte zu intervenieren und schob mich zur Seite: „Herr
Kommissar, wir haben wirklich große Neuigkeiten. Geben Sie uns bitte
noch eine letzte Chance? Danke!"

„Ausnahmsweise … und nur, weil mich interessiert, wie meine beste
Praktikantin zur Kollaborateurin werden konnte. Eine Schande ist das.
Wartet draußen im Flur. Ich bin hier bald fertig."

Wir taten wie geheißen. Die Bürzel-Buddies verlangten nach einem
eigenen Sitzplatz für jeden. Dietlinde fand das provokant, konnte sich
aber gegen ihre dickköpfigen Schöpfungen nicht durchsetzen.

Ich legte die Stirn in Falten und starrte unter die vergilbte
Gipskartondecke. „Ist euch die Redewendung vom Wachtmeister auch
komisch vorgekommen? Er scheint davon auszugehen, dass Rebecca
hier als Praktikantin tätig wurde, *bevor* wir sie zu Spitzelzwecken
eingesetzt haben. Sie hat ihnen wohl einen umgekehrten Zeitverlauf
untergejubelt. Diese Variation sollten wir übernehmen. Aber welchen
Grund können wir anführen, damit es harmlos wirkt?"

„Ist doch egal. Hauptsache, die nehmen die Bande endlich hops",
ereiferte sich Dietlinde.

„Nee – wir bekommen deren Unterstützung nur, wenn die dran
glauben, dass Rebecca immer noch vertrauenswürdig ist oder
irgendwelche guten Gründe hatte, mit uns zusammenzuarbeiten",
mutmaßte der Doc weise, „wenn sie beleidigt sind, weil das kleine
Gespenst sie veralbert hat, machen sie keinen Finger krumm, egal wie
gut unsere Fahndungserfolge sind."

„Wir k-könnten sagen, Rebecca w-wurde erpresst", schlug Kalle vor.

Pook sah ihn abrupt an und warnte: „Dazu wäre eine Geschichte mit
validen Fakten nötig und die haben wir nicht. Viel zu kompliziert und

so kurzfristig nicht plausibel auszuarbeiten." Alle sahen ihn respektvoll an. Pook konnte rational überzeugen. Er fuhr fort:

„Ich empfehle, möglichst nah an der Wahrheit zu bleiben."

„Was schlägst du vor, Pook?" Alle waren gespannt. Er reckte stolz sein Bürzelschwänzchen wie eine Amsel nach beendetem Flugmanöver.

„Naja, man könnte es so darstellen, dass Rebecca in der Klinik gemobbt und ungerechterweise vom Doc gekündigt wurde. Kleines Gespenst und so weiter. Das erzeugt Mitgefühl, sogar bei Polizisten. Dann lernte sie zufälligerweise Dietlinde im Laden kennen, freundete sich mit ihr an und erhielt durch sie neuen Lebensmut." Pook dozierte selbstbewusst und charismatisch; wir anderen saßen stumm und ergeben daneben.

„Schließlich wurde bei Dietlinde eingebrochen und die war natürlich am Boden zerstört, als ihr Schmuck fehlte … was ja auch stimmt. Aus Dankbarkeit und weil sie helfen wollte, bot Rebecca an, bei der Suche nach den Dieben Informationen aus ihrem Arbeitsumfeld beizusteuern – natürlich nur ganz unbedeutende, wenige. Dann hat Charly ohne ihr Wissen diese Lösegeldübergabe eingefädelt und sie vor vollendete Tatsachen gestellt. Nun konnte Rebecca die Sache nicht mehr bremsen, ohne sich selbst zu diskreditieren … Ja, so würde ich es präsentieren." Pook war mit sich selbst zufrieden. Nach der Schlappe am Flughafen, konnte er endlich mal wieder brillieren.

Dietlinde fühlte sich geschmeichelt, die tragende Rolle bei der Notlüge überantwortet zu bekommen – eine ganz neue Dimension, die ich im Kalender rot ankreuzen würde: Dietlinde lässt sich von einem Bürzel-Buddy instrumentalisieren. Ich musste unwillkürlich grinsen.

Wir diskutierten noch ein paar Details und dann waren wir bereit.

Tüpfelhoser rief uns in den Verhörraum Nr. 1.

Rotzenmotz war auch schon da.

„Also, jetzt mal raus mit der Sprache. Was habt ihr ausgeheckt und wie konnte Rebecca in die Sache hineingeraten?"

Der Doc hatte den überwiegenden Redeanteil übernommen, da seine Reputation noch die beste von uns allen war. Ich dagegen sollte möglichst vollständig den Mund halten. Pook und Kalle mussten in meiner Jacke verschwinden.

Während der Doc erzählte, steuerte Dietlinde gekonnt ein paar reumütige Floskeln bei und blickte drein wie ein Schaf. Ich fand die beiden ziemlich überzeugend, ohne übertriebene Ausschmückungen oder verräterisches Stocken. Die beiden Beamten schienen es ihnen abzunehmen, obwohl sie zunächst versuchten, Fangfragen zu entwickeln oder Ablenkungsmanöver einzubauen. Aber da hatten sie die Rechnung ohne den famosen Psychodoktor gemacht, der sich gut mit Rhetorik auskannte und derlei Tretminen auszuweichen wusste.

Am Ende stand ein Deal im Raum.

Man würde zunächst Rebecca mit den Erzählungen konfrontieren, um die Wahrheit von zweiter Seite zu untermauern. Sollten wesentliche Fakten übereinstimmen, würde man auf meine Technologie zurückgreifen, um Festnahmen vorzubereiten. Eine Sicherstellung der Beute könnte jedoch nicht garantiert werden.

Wir signalisierten verhaltene Zustimmung, hatten jedoch nun ein neues Problem. Wie konnte Rebecca eine Geschichte bestätigen, von der sie gar nichts wusste? Dadurch war Zeit gewonnen, die wir aber letztlich gar nicht gebrauchen konnten. Im Gegenteil.

Die beiden Super-Kommissare trödelten etwas herum, kramten in Schubladen und bauten Aktenstapel um. Schließlich trotteten sie gemächlich in den Verhörraum Nr. 2, der sich auf der anderen Flurseite befand. Als sie die Tür öffneten, konnte ich durch den Spalt Rebecca an einem leeren Tisch sitzen sehen. Sie hielt einen Kaffeebecher in der Hand und den Kopf sorgenvoll gesenkt. Die Tür schloss sich wieder.

Was meinen Sorgenpegel betraf, der wuchs indessen überproportional an.

Quälende Minuten verstrichen, formten sich zu Stunden, jedenfalls fühlte es sich so an. Irgendwann kam Tüpfelhoser aus dem Verhörraum heraus, ging aufs Örtchen und gleich wieder hinein. Wir hielten die Anspannung kaum aus. Ich rutschte schon sicht- und hörbar auf meinem Sitz hin und her, sodass Kalle sich beschwerte, ihm würde übel werden. Er steckte noch immer neben Pook in der Jackenwölbung vor meinem Bauch, wo ohnehin Platzmangel herrschte, begründet durch zu viel Genuss bei zu wenig Sport. Die Bürzel-Buddies lästerten in letzter Zeit mehr über meine träge Masse als über Tauben – so oder so eine ungerechte Gemeinheit.

Dietlinde flüsterte: „Die arme Rebecca. Was sie alles durchmachen muss … Dabei hat sie doch gar nichts davon, es ist schließlich nicht ihr Schmuck, der fehlt." Ich nickte, der Doc brummelte irgendetwas. Egal, wie die Sache ausgehen würde, wir hatten gegenüber Rebecca einiges gutzumachen.

30. ATTACKE!

Der Knoten platzt!

Plötzlich ging alles ganz schnell. Hatte ich auch während der letzten Tage viel Zeit mit Warten verbringen müssen, so schaffte es mein Schicksal nun innerhalb einer einzigen Stunde, alles nachzuholen, was zuvor im Schneckentempo gekrochen war. Ich und meine vier Apostel lungerten nur noch wie staunende Zaungäste herum und konnten gar nicht fassen, wie die Ereignisse sich überschlugen. Den beiden Bürzels standen praktisch die Fasern zu Berge vor lauter Hochspannung.

Die Tür zum Verhörraum Nr. 2 wurde schwungvoll aufgerissen. Beide Super-Kriminalisten, jeder mit seinem Handy am Ohr, stoben hinaus, ominöse Codewörter austauschend. Vom oberen Flurende trabten zwei Polizisten in Uniform herbei und holten sich knackige Befehle ab, um dann auf dem Absatz kehrtzumachen und in entgegengesetzte Richtungen zu hetzen. Der Müller-Bulle hatte den Aktivismus jetzt auch wahrgenommen und steckte seine kahle Birne durch die Bürotür.

„Müller, wo bleiben Sie denn? Mann … Einsatz!"

Seine Tür ging wieder zu und gleich wieder auf. Mitsamt Polizeimütze, Schlagstock und anderen eindrucksvollen Accessoires rumpelte er gegen den Türrahmen und fluchte laut. Es war wohl wieder nicht sein Tag. Auch im Sekretariat, das rätselhafterweise sonst nur von Halbtagskräften besetzt war, die immer in der *anderen* Tageshälfte Dienst hatten, regte sich Leben.

Schließlich erschien Rebecca in der Tür zum Verhörraum Nr. 2. Dietlinde stürzte sofort auf sie zu, drückte sie fest an sich.

„Geht es dir gut? Was haben sie mit dir gemacht, diese Sadisten? Es tut mir alles sooo leid", stammelte sie.

Rebecca versuchte ein zaghaftes Lächeln und wurde leicht rot im Gesicht. Sie war Gefühlsausbrüche in ihrem persönlichen Umfeld nicht gewohnt, höchstens von den Insassen der Nervenheilanstalt, die ihr gelegentlich einen trockenen Keks anboten, wenn sie die Tabletten vorbeibrachte.

„Schon gut, ich bin okay", versuchte sie Dietlinde zu beruhigen. Verstohlen blickte sie den Gang rauf und runter, ob die Polizisten inzwischen außer Sicht- und Hörweite waren.

„Ich glaube, ich habe es hingekriegt", flüsterte sie verschwörerisch und wendete sich in die Runde, bis ihr Blick an den beiden Bürzel-Buddies hängenblieb.

„Na, ihr zwei? Habt ihr Herrchen und Frauchen wieder gezeigt, wie's läuft?"

Der Doc grinste. „Azubi-Mund tut Frechheit kund! Aber es ist schon was dran. Neulich …"

Ich unterbrach ihn, bevor womöglich Details meiner jüngsten Eskapaden ausgebreitet werden konnten:

„Rebecca, was meinst du? Findet jetzt endlich eine Razzia in diesem Haus statt, das unser Sender gemeldet hat? Oder warum ist hier plötzlich ein solcher Aufruhr ausgebrochen?"

„Jaja, die ganze Mannschaft ist jetzt unterwegs dorthin. Nachdem sie mich ziemlich unfreundlich ausgequetscht hatten, wechselte die Stimmung irgendwann, und das Verhör wandelte sich zu einer Manöverbesprechung. Ich schätze, die Kollegen haben endlich erkannt, dass es erfolgversprechend sein könnte, etwas zu riskieren."

Meine müden Augenlider rollten sich rückwärts die Augenbrauen hoch.

„Was? Es geht endlich los? Und wir stehen hier rum? Sollten wir nicht auch etwas tun?"

„Ruhig, ruhig, mein Freund", riet der Doc und klopfte mir auf die Schulter, „du hast schon genug getan. Jetzt sind andere dran. Hab etwas Vertrauen!"

„Du bist gut. Wir kennen diese Stümper zur Genüge! Ich werde sicher nicht lethargisch abwarten und eventuell hinterher wie der Trottel dastehen, der auf einen Gangstertrick hereingefallen ist und nebenbei die Polizei in die Irre geführt hat." Ich machte mich auf den Weg zum Ausgang.

„Hey, warte mal!", rief mir Dietlinde hinterher. „Wir sollten schon zusammenhalten. Es ist schließlich mein Geschmeide, um das es geht."

„Kommt ihr jetzt mit oder nicht?" Ich war genervt – und defensives Zaudern konnte ich noch nie leiden. Außerdem hätte ich Jimmy gern zurückgehabt.

Der Doc ignorierte meinen Versuch, Druck aufzubauen und wandte sich an Rebecca.

„Wieso hat die Polizei eigentlich plötzlich eingelenkt? Wie konntest du alle Zweifel der Polizisten zerstreuen? Wir hatten uns doch gar nicht vorher absprechen können, was wir sagen. Es müssen doch einige Ungereimtheiten aufgekommen sein im Vergleich mit unserer Geschichte."

Das war eine sehr interessante Frage. Ich machte auf dem Absatz kehrt und wartete.

„Ja, warum eigentlich?", echote Pook aus meiner Jacke. Alle Blicke waren intensiv auf das kleine Gespenst gerichtet, das nun so gar nicht mehr in diese Schublade passen wollte.

„Tjaaa, die werten Herren haben mich zwar in den Verhörraum gesperrt, aber nicht offiziell festgenommen. Somit durften sie mir auch nicht meine persönlichen Sachen abnehmen. Ich habe schließlich noch das hier!" Sie hielt ihr Smartphone in die Höhe. Alle Blicke wanderten von Rebeccas Gesicht zu ihrem Handy, aber keiner verstand, was sie meinte.

„Weißt du, Charly, deine Idee mit der Spionageausrüstung hat bestens funktioniert." Sie tippte mir an den Brillenbügel. Dann fiel bei mir der Groschen.

„Ach so! Ja, natürlich. Die Kamera an meiner Brille ist ja noch an. Du konntest im Verhörraum mitverfolgen, wie wir uns vorhin draußen mit Rotzenmotz und Tüpfelhoser besprochen haben. Wie genial!" Ich war begeistert, am meisten von mir selbst.

Dietlinde kapierte nichts: „Wie das denn?"

Der Doc runzelte die Stirn. Für Pragmatismus war er nicht gerade bekannt, daher dauerte es etwas länger, bis er begriff. Ich erläuterte kurz nochmal, wie die kleine Kamera an meiner Brille Videos an Rebeccas Handy übertrug, was zwar für die Lösegeldübergabe ohne Erfolg geblieben war, aber jetzt im Nachhinein doch noch gute Dienste verrichtet hatte.

Allgemeine Verblüffung.

Schließlich fanden wir doch noch eine Übereinkunft darin, den Polizisten nicht allein das Feld zu überlassen und hinter ihnen her zum vermeintlichen Entführungsort von Jimmy zu fahren. Wir quetschten uns alle in meinen Jeep, und ich gab Vollgas. „Ich sitze hier drin nur unter Protest", klagte Dietlinde, nachdem ich eine rote Ampel überfahren hatte, die aber nicht an einen Blitzer gekoppelt war, insofern interessierte es mich nur marginal.

„Wir sind in Eile, Mama. Dein Kommentar ist unangemessen und für niemand von Interesse." Zum ersten Mal wagte Pook es, Dietlinde zu kritisieren. Offenbar war die Anspannung sogar auf sein kleines Bürzel-Gemüt übergesprungen, eine andere Erklärung gab es nicht für seine respektlose Belehrung.

Zwanzig Minuten später näherten wir uns dem besagten Wohngebiet, nur noch um eine Kurve, dann die nächste Abbiegung rechts. Mein Navi konnte gar nicht so schnell reden, wie ich fuhr.

Krach-bum!

Während des Blicks auf mein Display war blitzartig etwas aus dem Gebüsch aufgetaucht. Eine panische Fratze erschien in Großformat vor meiner Windschutzscheibe. Reflexartig machte ich eine Vollbremsung und schlitterte gegen den Bordstein. Meine Mitfahrer keiften: „VORSICHT!" Zu spät. Ein Junge im Teenageralter hing über meiner Kühlerhaube, die Nase in den Scheibenwischer gebohrt. Ich war kurzfristig irritiert und saß erst mal reglos da.

Dietlinde fand wie immer als Erste ihre Sprache wieder:

„Oh, mein Gott, Charly, was hast du getan? So etwas musste ja mal passieren!"

Bevor noch jemand etwas sagen konnte, tauchte aus demselben Gebüsch der Müller-Bulle mit hochrotem Gesicht auf und stand ebenfalls vor meinem Auto, mit bebendem Brustkorb, seinen Schlagstock in der Hand und Schweißperlen auf der Stirn.

„Danke für die Amtshilfe … japs … ihr habt gerade den Bandenchef dingfest gemacht", keuchte er außer Atem.

Er griff dem Bengel von hinten an den Jackenkragen und klaubte ihn von meiner verstaubten Metallic-Lackierung. Der wehrte sich nicht mal. Handschellen klickten.

Meine Mitfahrer sahen fragend zu mir rüber. Bis ich spontan einen Entschluss fasste, die Tür aufriss, aus dem Auto sprang und in Richtung des Gebäudes lief, wo das Navi den Zielort markiert hatte. Er sollte gleich hinter der nächsten Baumgruppe liegen. Ich wollte Zeuge werden, wie der Rest der Bande festgenommen wird, ihnen in ihre bösen Augen sehen und dabei breit grinsen.

Als ich vor dem Haus der Halunken ankam, war das gesamte Grundstück bereits von Polizeifahrzeugen eingekesselt, die hell zuckende Lichtblitze in die Umgebung absonderten und auch akustisch eine tolle Show lieferten. Ein paar der uniformierten Buben war gerade dabei, gestreiftes Absperrband auszurollen und zwangen mich hinter die willkürlich errichtete Abgrenzung. Mir blieb nichts übrig als abzuwarten. Pook und Kalle rumorten in meiner Jacke und verlangten, einen Posten mit freiem Ausblick auf das Geschehen überlassen zu bekommen, aber ich sah keine Möglichkeit, dem zu entsprechen, ohne sie in Gefahr zu bringen. Immerhin öffnete ich den Reißverschluss meiner Jacke etwas, damit sie ihr Köpfchen hindurchstrecken konnten. Während ich noch mit ihnen diskutierte – der Dialog zog sich etwas in die Länge, da Kalle vor Aufregung bei jedem Wort stotterte – öffnete sich die Haustür der Schurken. Die Polizisten führten zwei Mädchen und einen Jungen in Handschellen hinaus, sie waren höchstens zwölf Jahre alt, verwahrlost gekleidet und wirkten äußerst verängstigt. Mir war plötzlich gar nicht mehr nach Rache zumute, und ich war irgendwie enttäuscht. Gangster hatte ich mir eigentlich anders vorgestellt.

Ein Polizist trug eine Kiste vor sich her, dann folgte noch einer. Schließlich trat Rotzenmotz mit stolzer Miene vor die Tür, sah mich am Absperrband stehen und kam auf mich zu. Er zog eine Augenbraue hoch, griff in seine Jackentasche und beförderte einen eleganten Wollhaufen zum Vorschein: Es war Jimmy.

„Ich glaube, das gehört Ihnen. Muss mich wohl entschuldigen … ist ein großer Coup, den wir da gelandet haben. Aber das heißt nicht, dass wir jetzt Freunde werden." Er drückte mir den Bürzel-Buddy in die

Hand, wedelte mahnend mit dem Zeigefinger und ging dann wieder davon.

„Und was ist mit unserem Schmuck?", rief ich ihm hinterher.

Er drehte sich nochmal um und machte eine Geste, die mir niemals aus dem Kopf gehen würde. Denn er streckte mir seine rechte Faust entgegen ... und hob den Daumen!

Hinter mir brach frenetischer Jubel aus. Meine Freunde waren inzwischen eingetroffen und hatten die letzte Szene mitbekommen, was zu einem Ausbund an Glücksbekundungen und Lobpreisungen führte – mehr noch, Dietlinde riss mir Jimmy aus der Hand, drückte ihn an sich, küsste sein Köpfchen und wollte nicht aufhören, ihn mit Komplimenten zu überhäufen. Wer hätte gedacht, dass sie doch noch den Stolz einer Mutter für einen Bürzel-Buddy empfinden würde.

An diesem Tag war die Welt eine bessere geworden.

31. NACHSPANN

Ein Jahr später …

Tatsächlich waren Dietlindes Smaragdkette und Crescentias Diadem unter den Beutestücken der Diebesbande gefunden worden. Wie sich zeigte, handelte es sich gar nicht um die Kinderkriminellen aus Chicago, sondern um einen französischen Mafiaring mit Drahtziehern in Marseille, was mir anhand der französisch geschriebenen Notiz im Bräter, worin die Bürzel-Buddies damals eingesperrt worden waren, schon verdächtig vorgekommen war.

Nach Abschluss der polizeilichen Ermittlungen durften wir das edle Geschmeide wieder zurückerhalten, ohne weitere Rückfragen der famosen Polizeibeamten. Meine maßgebliche Beteiligung an der Lösung des Falls und Jimmys heldenhafter Einsatz wurden jedoch völlig unter den Tisch gekehrt und erschienen auch mit keinem Wort in der Presse. Meinetwegen sollte es so sein – ich hatte andere Prioritäten.

Die Bürzel-Buddies und ich waren umgezogen. Wir bauten beim Doc das Dachgeschoss aus und konnten jetzt nach Herzenslust ausschlafen oder gemeinsam mit Kalle und dem Doc am Ententeich spazieren gehen. Außerdem war nun endlich Leben in seiner Bude, die sonst so oft leer gestanden hätte. Der Doc bekam nämlich eine Professur an der Universität Heidelberg angeboten, was er maßgeblich den Bürzel-Buddies zu verdanken hatte. Er lehrte und forschte seitdem an seiner neuen Therapiemethode über die Heilkunst von Kuscheltieren in der psychologischen Psychotherapie, ein revolutionärer Ansatz, wie er meinte. Seine Vorlesungen waren gut besucht, und immer öfter wurde er zu Vorträgen ins Ausland eingeladen.

Einige Tage nachdem der Einbrecherring gesprengt worden war, rief mein Bruder Max wieder an und informierte mich freudig, dass viele der bestohlenen Opfer sehr betucht waren und schon vor längerer Zeit eine fünfstellige Belohnung ausgesetzt hatten. Max hatte bereits alles in die Wege geleitet, dass mir dieses Geld uneingeschränkt ausgezahlt würde, dank meines vehementen Einsatzes und dank meiner Verschwiegenheit gegenüber der Presse. Das Lösegeld war zwar futsch, aber mit der üppigen Belohnung konnte ich das Diadem meiner Mutter endlich durch einen fähigen Goldschmiedemeister aufarbeiten lassen, Dietlinde fünf gesunde Zitronenbäumchen schenken und Rebecca mit einem Jahresabo beim Haarstylisten erfreuen.

Die Bürzel-Buddies bekamen ein Spielhaus mit mehreren Etagen und jeder Menge Möglichkeiten, sich zu entfalten. Nils und Piek fanden einen Hindernisparcours mit stetig wechselnden Herausforderungen vor. Hope, Lilly und ein paar andere Bürzel-Damen konnten sich auf einer hübsch gestalteten Bühne Tanz, Gesang und Lyrik hingeben, und Brunhilde und Bernadette genossen in der obersten Etage einen herrlichen Ausblick auf das gesamte Geschehen. Für Pook und Kalle, die immer öfter in tiefsinnigen Gesprächen die Zeit vergaßen, stand eine Lounge zur Verfügung, die zunehmend auch von anderen Buddies besucht wurde. Nur Swifty konnte sich einfach nicht entscheiden, wo er sich am liebsten aufhielt und spazierte von einer Gruppe zur nächsten, überall freudig willkommen. Meine Bürzel-Buddies fühlten sich in ihrem neuen Reich pudelwohl und zankten viel weniger als früher.

Rebecca beendete ihre Ausbildung beim Doc nicht mehr, sondern begann, Psychologie zu studieren. Danach stieg sie in die gehobene Laufbahn des Polizeidienstes ein. Sie sollte später zur gefragtesten Fallanalytikerin in Europa werden und steuerte immer wieder fundamentale Erkenntnisse bei, um gewieften Mafia-Clans auf die Schliche zu kommen.

Wachtmeister Tüpfelhoser kündigte seinen Job bei der Polizei und eröffnete gemeinsam mit Rebeccas Mutter eine Patisserie, die binnen Monaten die Körperfettmasse der halben Stadtbevölkerung in die Höhe schnellen ließ – ich war natürlich auch betroffen.

Kommissar Rotzenmotz ging nach Marseille und versuchte, die Hintermänner der Diebesbande dingfest zu machen, womit er heute noch beschäftigt ist; ohne die Hilfe von Bürzel-Buddies ist eben vieles schwerer. Nur der Müller-Bulle blieb auf seinem kleinen Posten und wartet weiterhin auf den Ruhestand.

Meine Mutter Crescentia verließ die Klinik, froh, wieder in ihren alten seelischen Trott eintauchen zu können. Manche Menschen sind eben resistent gegen jegliche gutgemeinten Ratschläge, Lebensfreude und Erfüllung zu finden. Wahrscheinlich wollte sie mir für einige Zeit entkommen, daher entschloss sie sich, meine Brüder für ein paar Monate zu besuchen. Ich warte jeden Tag auf einen Anruf von ihr, dass ich sie abholen soll. Es ist ja nur eine Frage der Zeit, bis ihr klar werden wird, dass die Zwillinge nun mal auch keine Goldkinder sind. Leben und leben lassen? Das wird sie nie können.

Und was wurde aus Dietlinde?

Sie wohnt noch immer in unserem Loft. Wie Pook bereits orakelte, hat sie letzten Monat die Geschäftsführung bei KREATIV-KUNZE übernommen und befehligt jetzt eigenes Personal. Ab und zu schreibt sie einen Artikel für eine renommierte Handarbeitszeitschrift mit Tipps und Tricks zum Basteln von Dekorationsartikeln, Babyschuhen und solchem Kram. Zurzeit überlegt sie, sich ein *echtes* Haustier anzuschaffen. Merkwürdiger Gedanke.

Jedenfalls häkelte sie nie wieder einen Bürzel-Buddy. Sie findet, das könnten jetzt mal andere Leute tun.